007（第二辑）典藏系列

The Spy Who Loved Me
黎明杀机

伊恩·弗莱明 ◎ 著
赵春艳 ◎ 译

时代出版传媒股份有限公司
安徽文艺出版社

图书在版编目（CIP）数据

黎明杀机/(英)伊恩·弗莱明(Ian Fleming)著；赵春艳译.—合肥：安徽文艺出版社，2018.1
(007典藏系列)
ISBN 978-7-5396-6081-3

Ⅰ．①黎… Ⅱ．①伊… ②赵… Ⅲ．①长篇小说—英国—现代 Ⅳ．①I561.45

中国版本图书馆CIP数据核字(2017)第103659号

出 版 人：朱寒冬　　　　　　　合作策划：原典纪文化
责任编辑：姜婧婧　柯　谐　　　装帧设计：张诚鑫

出版发行：时代出版传媒股份有限公司　www.press-mart.com
　　　　　安徽文艺出版社　www.awpub.com
地　　址：合肥市翡翠路1118号　邮政编码：230071
营 销 部：(0551)63533889
印　　制：安徽联众印刷有限公司　(0551)65661327

开本：880×1230　1/32　印张：6.375　字数：170千字
版次：2018年1月第1版　2018年1月第1次印刷
定价：25.00元

(如发现印装质量问题，影响阅读，请与出版社联系调换)

版权所有，侵权必究

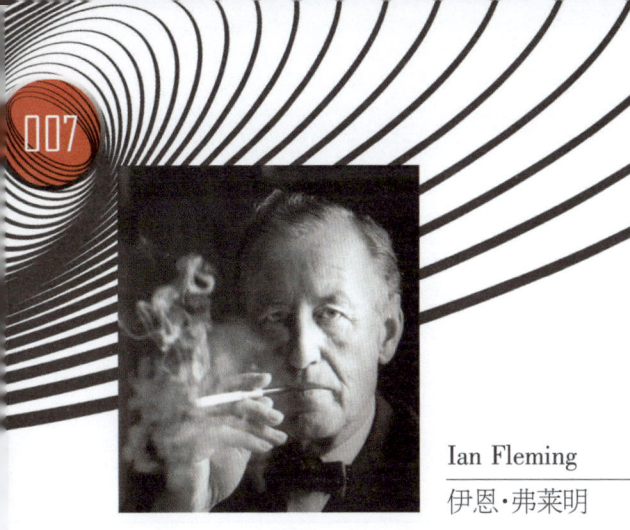

Ian Fleming
伊恩·弗莱明

1953年，正在牙买加太阳酒店度蜜月的伊恩·弗莱明百无聊赖地坐在打字机边，他的脑子里在酝酿"一部终结所有间谍小说的间谍小说"——这部小说的主角就是通俗文学世界里最为人知晓、商业电影范围内生命最长的詹姆斯·邦德。

和其笔下的 007 一样，弗莱明的现实生活中也充满了炮弹味和香水味，和詹姆斯·邦德有的一拼。弗莱明 1908 年出生在英国。他的性情却和英国的传统教育格格不入，1921 年，在著名的伊顿公学念书的弗莱明因为行为不端而被开除。1926 年，他在家庭的安排下进入了桑德赫斯特军校，弗莱明再次因为酗酒和斗殴，提前结束了自己在军校的生活。1931 年，他进入了著名的路透社，成为了一名专门报道间谍案件的记者。1933 年，他回到了英国，做了一个银行职员，百无聊赖的生活让弗莱明忍无可忍，好在二战的到来为弗莱明赢得了"换种活法"的机会——战争让弗莱明变成了邦德。

1939 年 5 月，弗莱明成为英国皇家海军情报局中尉，因工作出色，弗莱明深得局长约翰·戈弗雷海军上将的赏识，后者以作风强硬著名，是 007 的老板——M 的原型。弗莱明曾多次陪同戈弗雷上将去美国与联邦调查局局长胡佛会晤，交流情报，并作为戈弗雷上将的助理直接领导代号为 30AU 的间谍部队。这是一个由间谍精英组成的小分队，队员个个身怀绝技，从神枪手、化装师、武器专家到解密高手、间谍美女，一应俱全。他们的主要任务是帮助纳粹占领国的高级官员逃亡以及窃取德军重要档案。

第一次行动,弗莱明率领30AU来到葡萄牙的卡斯卡伊斯,策划阿尔巴尼亚国王索古从德国、意大利占领区潜逃。他设想的营救计划是这样的:清晨,在国王寓所门前,两名清洁工(由英国特工扮演)出现了,严密监视国王寓所的德国卫兵问了两句,就让他们进了门。待了一会儿,两个清洁工(已是国王夫妇扮演)再次出现,拖着垃圾袋正向大门走来。这时,事先安排好的一场车祸准时在街对面发生,德国卫兵赶紧召集人手灭火救人。一个蒙太奇镜头:两个"高贵的清洁工"登上垃圾车渐渐远去。待德国人发现国王夫妇失踪时,国王夫妇已化装成葡萄牙人搭乘一艘意大利游轮安全抵达卡斯卡伊斯。结果,整个行动与伊恩·弗莱明的策划一样顺利,犹如他在执导拍摄一部007电影。

二战期间,弗莱明与"疯狂比尔"——美国战略情报局局长威廉姆·多诺万将军关系密切。1941年,多诺万计划成立新的情报机关,要弗莱明策划一个蓝图。弗莱明为他撰写的计划共72页,描述了一个完美特工应具备的特质,"年龄在40岁到50岁,经过特工训练,拥有出色的观察、分析、评价能力,完美的判断力,能随时保持头脑清醒,对情报事业有献身精神,并有广博的生活经历"。这和詹姆斯·邦德的形象几乎一致。1947年中情局正式成立,很大程度上借鉴了"邦德标准"。弗莱明毫不掩饰得意之情,向多个朋友吹嘘"我创造了中央情报局"。

1945年11月4日,弗莱明离开了海军情报局,戈弗雷上将对他做出了闪光的评语:"他的热情、才能和见识都是无与伦比的,他对海军情报局的战时发展和组织活动做出了巨大贡献。"

自《皇家赌场》大卖之后,弗莱明就成了一架被烟草和酒精驱动的写作机器,在他人生最后的12年里,一共写了14本007小说。在弗莱明生前,他的007系列小说就销出了4000万册,迄今为止,该系列小说在世界各地的销售量已超过1亿册。

1964年8月12日,56岁的弗莱明由于心脏病发作倒在儿子的生日宴会上。

几十年过去了,那些曾经试图抛弃他的"贵族们"早已烟消云散,他所留下的作品却享誉全球,妇孺皆知。在全世界,无数的人在阅读007小说或观看007电影,以此向这位传奇人物表达敬意和缅怀之情。

目 录
Contents

第一部分　前尘往事

第一章　狂风暴雨 / 3

第二章　往事如烟 / 14

第三章　春情初醒 / 28

第四章　永别了, 薇薇 / 42

第五章　折翼之鸟 / 56

第六章　西行漫记 / 70

第二部分　不速之客

第七章　误入虎穴 / 83

第八章　引狼入室 / 93

第九章　逃离虎口 / 107

第三部分　传奇再现

第十章　劫后余生 / 123

第十一章　邦德传奇 / 136

第十二章　杀机四伏 / 147

第十三章　生死之战 / 164

第十四章　缱绻情意 / 178

第十五章　此情不渝 / 188

第一部分　前尘往事

The spy who loved me

第一章　狂风暴雨

我终于逃出来了。逃离了英国湿冷的冬天,逃离了纷繁芜杂的感情世界,逃离了只有几件简单家具、旧衣服杂乱堆放的伦敦小家。我终于战胜了自己的懦弱,走出了那个单调乏味、古板守旧和封闭狭隘的旧世界,义无反顾地进入一个新天地。虽然我自认为有点本事,但是如果一直在原地打转,就会像关在笼子里的小老鼠一样,永远找不到出路。可以说,除了没有犯法以外,我几乎丢下了所有的东西,不顾一切地逃了出来。

我走了很远的路,似乎已经绕了半个地球,千里迢迢从英国伦敦来到了美国纽约州北部一个叫追米·派因斯·玛达·考特的地方。这里山脉连绵起伏,湖水碧波荡漾,松林叠翠,距离阿迪朗达克山脉的知名观光区乔治湖仅十里远。我从伦敦出发时是9月1日,转眼已经是10月13日了,又是一个星期五。那时候,伦敦正值金秋时节,放眼望去,尘土飞扬的马路旁种的枫树还绿油油的。但是,进入加拿大后,漫山遍野的松树中夹杂着一些枫树。热烈火红的枫叶,就像手榴弹炸开时喷涌而出的刺眼红光,直逼得眼睛无法直视。

随着季节的变化,我自己也有了明显的改变。最明显的变化是我的皮肤。在伦敦时,我的脸看起来像没洗干净似的,蜡黄无光。而现在,因为整天在户外活动,早睡早起,蜡黄的脸变得红润了,整个人充满朝气与活力,脱胎换骨一般。在英国时,因为要扮作淑女,我不得不打扮得花枝招展的。而在魁北克时,我虽然素面朝天,却像一颗成熟漂亮的樱桃般甜美娇艳。那时的我,皮肤白里透红,充满光泽,不需涂抹口红、指甲油等化妆品就已经光彩照人。那时的我,像个孩子般天真快乐,对自己的一切都很满足,从来不会对着镜子顾影自怜。我并不是自视清高,只是不愿在自己的脸上涂涂画画,像戴了个面具一样。过去的五年犹如噩梦一般,我再也不想回到那种生活了。虽然我也不喜欢现在的状态,但是比起之前的生活,我已经十分满足了。

正南方向前面五十里远的地方,是纽约州的首府奥尔巴尼,那里的电台整点报时,现在已经六点了。刚才气象报告发布暴风预警,有强台风由北向南移动,可能在晚上八时登陆奥尔巴尼。又将是狂风大作、暴雨侵袭的一晚,不过我早已见惯大风大浪,即使台风来势汹汹,我也不怕。唯一让我担心的是那条通往乔治湖的二级公路——那是一条非常偏僻荒凉的路,方圆十里不见任何人烟,而且道路颠簸不平。一阵风袭来,路边的松林被吹得沙沙作响,再加上轰隆隆的雷鸣闪电,以及狂风暴雨,着实令人害怕。不过,我并不十分害怕,因为比起过去,这些都是小巫见大巫,我已经十分安全了。而且我喜欢独处,我曾经看到过这样一句话:"当你习惯以后,寂寞会变成爱人,孤独会变成密不可分的挚友。"虽然已经记不清是在哪里看到的这句话,也想不起来是谁写的,反正这句话就是我童年时的真实写照。那时的我喜欢独处,后来我试图挤入人群中,学习和人打交道,但是总与其他人合不来,弄得一团糟。童年那段糟糕的人际交往经历,实在是不堪回首。其实,我认为人各有志,每个人都有自己的生活方式,没有必要强制别人按照自己的意愿生活。一般而言,画家、作家、音乐家之流,都是喜欢孤独的人,就连政治家、军事家、将军等也不例外。当然,罪犯、疯子中也不乏孤独癖的人。可以说,那些真正出类拔萃的人,他们的心往往都充满孤独。当然,这并不是什么好现象,有时候甚至会酿成惨剧。一个人若想成为社会中有用的一员,就必须为社会出力,应该与他人互相关心和交流。我喜欢孤独的心态是错误的,可以说是带点神经质的,这种以孤独为喜的心态早都落伍了。在过去的五年中,虽然我常告诫自己不要再这样与世隔绝下去,但是我仍然习惯笑拥孤独。现在已是黄昏时分,我耸耸肩,又怀着孤独落寞的心情,穿过宽大的走廊,站在门口眺望夕阳。

我生平最讨厌的植物就是松树。它们总是静止不动,既不能在下面躲雨,又爬不上去,树干总是黑漆漆的,而且不像其他树的那种黑色脏污,这种泥垢与它们分泌出的松脂混合在一起时,乌压压的一片,更显得肮脏,让人感到非常恶心。当松树密密麻麻种在一起时,参差不齐,乌压压的一片,阻挡了前去的路,就像长枪短炮对着我一样,充满了敌意。但是我喜欢它那清新的气味。洗澡时,我喜欢在水面上撒些松叶,让身上都充满那种淡淡的香味。但是,在阿迪朗达克山脉,松林层层叠叠,一望无际,让我感到心烦意乱。就连山谷中那不过一码长的小地方,也密密麻麻地长满了松树,甚至连山顶也不例外。整个山谷都是松树,它们就像一张长毯一样覆盖了整个大地。一眼望去,犹如一座看起来相当无趣的绿色金字塔,似乎等着人们过来将它们砍掉,用来烧柴或做成晾衣架和纸张。

曾经有一段时间,人们在这片松林里开出了约五英亩的地方,建了汽车旅馆。由于汽车旅馆管理松散,不经登记也可投宿,因此很多不三不四的人,如卖淫女、黑社会流氓和杀人犯之流，都闻风而至。为了避免不好的联想，大家都很聪明地管这家旅馆叫作"停车旅馆"或"观光旅馆"。对游客而言，这里地理环境不错，一条蜿蜒曲折的二级公路穿过松林，由乔治湖向南，连接格伦斯福尔斯。这条路的中途有一个小湖，人们将这条湖泊戏称为"梦幻之水"，常常吸引大量游客在湖畔露营。旅馆就位于湖泊的南岸，接待大厅面向大马路，主楼后面的客房排成半圆形，呈扇形散开。旅馆一共有四十间客房，每间客房都配备完整的厨房、浴室和盥洗室，在房中可尽情饱览湖光山景。整个旅馆的建筑和设计都采用时下最新颖时尚的元素，墙壁采用富有光泽的油松木作为材料，鱼鳞状的漂亮屋顶，房间里还装有空调、电视机等。此外还有儿童游乐场、游泳池，湖面上还设置有玩水球的地方，只需要一美元就可以玩五十个球，真是应有尽有。除了一流的游乐设施，旅馆还备有自助餐厅以飨宾客。每天都有人从乔治湖的那头将新鲜的肉类、果蔬运送过来，每天两次。每个人只需要花费十美元就可以尽情享用鲜美的自助餐，还有双人优惠套餐，仅需十六美元。虽然旅馆耗资庞大，约二十万美元，一年的旺季也仅有短短几个月，从7月1日开始持续到10月初，但自开张以来，旅馆一直生意兴隆，门庭若市。尤其是7月14日到9月的第一个星期一的"劳动节"，更是经常高挂"客满"的牌子。但是这里的费用非常高昂，不适合久住。那对情绪变化无常的梵沙夫妇，以每星期三十美元雇我来做接待客人的工作，包食宿。不过我现在不用受这对讨人厌的夫妇的气了，因为在今天清晨六点钟，他们驾着亮闪闪的马车，朝着格伦斯福尔斯方向，回特洛伊老家去了。看着他们远去的身影，我的心情马上明朗起来。这对夫妇实在是极品，非常讨人厌。尤其梵沙先生这个老色鬼，他的手就像只敏捷的蜥蜴，每次趁我不注意时都要占下便宜。今天走之前，他又来缠我，我气得直用高跟鞋踩他脚背，他才放手。他痛得咬牙切齿，脸都变形了，勉强忍住痛，又嬉皮笑脸地说道："噢，我现在才知道，你还有这么火爆泼辣的一面！不过你反应太大了，我只是试试你能不能照料好旅馆而已。希望到明天中午有人来向你接收旅馆的时候，你能打理好这里的一切。今晚就你一人住在这里，做个好梦吧！"说完后，他意味深长地一笑，然后赶快跑向马车。那边，梵沙太太已经坐在马车上，从座位上探出头不耐烦地说道："喂！你怎么还不来？你今晚去西街找人好好发泄你那些该死的精力吧。"她一边尖酸地说着，一边发动着马车。忽然她回过头来故作温柔地看着我说："再见咯，可爱的小女孩。记得常常写信给我们哦！"说完露出一脸不怀好意的笑容，然后策动缰绳，向马路上驶去。她的侧面看起来有点皱巴巴的，下巴也有点短，一点都不吸引人。呵，这对极品夫妇活生生像从某本小说里走出来的一样。到底是哪一本小说，我一下子想不起来了。我再也找不到比他们更极品、更糟糕的人了。还好,他们终于走了,以后不用再跟这种人打交道了。我希望今后可以跟品德高尚的人来往。

我茫然地望着梵沙夫妇的马车逐渐消失在马路尽头,脑子里浮现出与他们相处时的点点滴滴。然后我抬起头来仰望北方的天空。今天天气晴朗,这种天气被当地人称作"十月中旬的瑞士晴天"。抬头望去,万里晴空中飘着片片浮云,在落日余晖的照射下,就好像竖立起来的头发,逐渐变成带粉红色的黑影,挂在高高的天空中。不一会儿,阵阵微风袭来,风在树梢上发出簌簌簌的响声。马路尽头和湖泊连接在一起,路旁有一座废弃的加油站,加油站上方有一盏黄色的路灯。风吹在路灯上,刮得灯芯左右不停地摇摆。突然,一阵寒风迎面吹来,冻得我直打哆嗦。狂风怒号,我听到风中夹着细碎的金属撞击声。虽然声音不大,可是足够令我毛骨悚然了。旅馆尽头的另一边,一阵风吹来,平静的湖面被吹得波浪迭起,卷起的波浪轻快地拍打在湖畔的石堤上。波光粼粼的湖面碧波荡漾,在阳光的照耀下时而泛起一道道闪亮的金光,时而泛起白色的浪花。在静谧的空气中,笔直高挺的树木就像哨兵一样站在旅馆后面和马路的那头,突然被狂风吹得左右摆动,紧紧相依,取暖似的挤成一团,靠近灯火辉煌的建筑物前点燃的营火。

我忽然想上洗手间,不禁暗自笑起来。接着我又想起孩提时候的趣事,往事如潮水般涌上心头,一发不可收拾。那时候,我最喜欢和小伙伴们在黑漆漆的晚上玩捉迷藏的游戏。我常常躲在楼梯脚的柜子里，把耳朵竖起来，一颗心提得老高，仔细倾听咯吱咯吱的下楼梯的脚步声。随着脚步声越来越近，我的心也更加紧张，怦怦怦直跳，双腿也紧缩起来，既紧张又兴奋。如果门没关好，正好露出一点光线，被其他小伙伴发现的话，我会赶紧说："嘘，快点进来，我们一起躲在这里吧！"然后又把门轻轻地关好，两个人忍不住咯咯笑起来。两个小身体紧紧依靠在一起，温暖又舒服。

现在长大了，回想以前，往事历历在目。直到现在还可以感受到当时转瞬即逝的恐惧感，当时背后会直冒冷汗，身上会起一层鸡皮疙瘩。那是一种对危险的本能反应。那时候的我真的是非常天真快乐，真是非常怀念那时的心境。抬头仰望天空，天气非常阴沉，估计马上就会电闪雷鸣，或者刮风下雨。现在我只想赶快逃离这个暗沉混乱的地方，回到自己敞亮舒适的小窝，喝杯可口的饮品，听听美妙的音乐，舒适地打发一下这段时间。

天色终于暗沉下来。今晚估计听不到鸟儿们的欢叫声了。它们应该早已预知今晚会有狂风暴雨，早早躲到树林中自己的巢里去了。就连松鼠、花栗鼠、鹿等，也早都不见踪影。在这片荒无人烟的辽阔空地，又是这样一个阴晴不定的天气，估计只有我一个人有闲情逸致出来溜达。这个时候的空气柔软、潮湿,含有松叶及青苔的幽香,还夹杂着强烈的泥土味。似乎整座森林像我一样兴奋开怀,玩得全身大汗,汗水滴在泥土里。我贪婪地深吸了好几口,感到前所未有的畅快。风一直不停地吹着,森林附近有一只猫头鹰突然大声叫了起来,不过很快又恢复了沉寂。我走出有灯光的门口,站在满是尘土的马路中央,仰望北方的天空。风越来越大了,我的头发都被吹得往后飘动。突然,天空划过一道闪电,地平线上闪过一道刺眼的蓝白光。然后,阵阵雷声就响起来了,声音沉闷得就像刚睡醒的看门犬的吼叫声一样。接着,猛烈的强风袭来,树梢被吹得手舞足蹈起来,加油站那边的黄色路灯也上下快速地摆动着,黄色的灯光跟着上下闪烁,似乎在警告我山雨欲来,赶快回去似的。果不其然,不一会儿,黄色的灯光变得模糊起来,笼罩着一层灰色的水雾。粗大的雨点从天而降,打在我身上,我赶快转身,拔腿往回跑去。

冲进屋子里后,我赶快关上门,把它紧紧锁好。幸好我跑得及时,不一会儿,倾盆大雨直泻下来,稀里哗啦地下个不停。仔细一听,雨声似乎不尽相同。打在木质屋顶上的,好像是连续击鼓发出的厚重声音;打在窗户上的,则像是金属碰撞发出的尖锐声。同时,屋顶的排水管也装满了雨水,不时传来激烈的排水声。在这些不同声音的伴奏下,这场雨更显得声势浩大。我仍然静静地站立在那儿,惬意地听着这场奇妙的交响乐。忽然身后的窗外传来轰轰雷声,紧接着,一道闪电划破夜空,把房间照得通明。雷声轰鸣,隆隆作响,把屋子震得摇摇欲坠,就像拨动钢琴丝一样拨动空气,发出砰砰声。忽然,又是一声巨大的响雷,就像一个巨型炸弹在院子里爆炸发出的声音一样。接着,传来一阵尖锐清脆的声音,一块玻璃被震碎了,摔落在地上。一瞬间,雨水破窗倾泻而入。

我吓得捂住耳朵,缩在那里,不敢动弹。我压根没有想到会发生这种事情!忽然间,我像是什么声音都听不见似的,只听到激烈的雨水打下来的声音。这之前像交响乐般悦耳的声音,现在却反过来像是在嘲笑我一般:"你万万想不到吧,这种山间的暴风雨竟然如此猛烈强大。不要以为躲在屋里就高枕无忧了,这间屋子根本就是不堪一击的。要不要看看我的厉害?我可以把这屋里的灯灭掉,也可以让雷电把这木质的天花板撕个烂碎。然后,再让闪电进入你的屋里,一把大火,让你的房子燃烧起来!或者,干脆让你触电身亡吧!反正我有的是办法让你在屋里待不下去,最后,你只能冒着大雨跑出去,跑到十里外的乔治湖那边去。你不是喜欢孤独吗?那就好好尝尝我的厉害吧。"在我还是张皇失措时,又一道蓝白色的强光闪进屋内,在头顶上划过去。紧接着,一个响雷炸过来,发出震耳欲聋的声音。不过,这次的雷声似乎比上次更猛烈,整个屋子都像受到炮弹猛击似的。吧台后面桌上的玻璃杯被震得东倒西歪,发出嘎吱嘎吱清脆的声音。

　　我感到全身发软,踉踉跄跄地瘫坐在最近的一张椅子上,双手紧抱着头。哎呀,我真是蠢到家,也笨到家了!我为什么非要孤零零一个人待在这儿呢?现在真希望赶快来一个人,随便什么人都行。赶快来吧,只要能在这儿陪我度过这恐怖的一夜,告诉我"不要怕,只是一场暴风雨而已"就太好了。我多么希望真有那么一个人出现啊!可是,一切都是我的痴心妄想而已。这根本就不是一场普通的暴风雨,这就像个大灾难,预示着世界末日即将来临,一切都是冲着我来的!这震耳欲聋的雷声和刺眼的闪电!

　　我得赶快想办法求救。我最先想到的是打电话,可是梵沙夫妇离开之前,已把电话停了,所以电话线路已经被切断了。现在要怎么办呢?啊,还有一个方法:我只要站起来跑到门口,抬起手打开入口处上方悬挂的"内有空房/客满"招牌的霓虹灯开关。灯一亮,就会出现"内有空房",肯定有人会看见,然后会为了躲雨来投宿。但是,当我起身要去按开关时,又一道闪电袭来,发出噼里啪啦的巨响,似乎在警告我不许动,接着又是轰隆隆的雷声,我还没来得及反应,就被击倒在地上了。

第二章　往事如烟

不知过了多久,我终于清醒过来,意识到自己紧紧蜷缩在地板上,面朝天花板,似乎在等待着雷电的再一次袭击。我就这样静静地躺了十多分钟,听着屋外风雨的咆哮声,心里五味杂陈,胡思乱想着。这次的雷击会不会对我造成永久伤害?会不会烧坏了我的内脏,影响到我以后的生育?我的头发会不会因为受电击而变白了?说不定现在我的头发全被烧掉了!我心里边想着,边抬起手来摸摸头发。一摸上去,头发都在呢,只不过后脑勺撞了一个大包,估计是刚才倒地时碰的。不过为谨慎起见,我还是不放心地动了动,看看有没有伤到别处。还好,骨头没折断,其他地方也没有受伤。突然,墙角的电冰箱发出

The spy who loved me

了嗡嗡嗡的声音,重新启动,开始正常工作了。我回过神来,意识到世界末日并没有来,一切都在正常运转。电闪雷鸣终于都结束了。我有气无力地站起来,来回张望着四周。一切都原封不动,丝毫没有被破坏的痕迹,刚才我还以为自己就要这样跟这世界告别了。服务台、放着平装书和杂志的书架、餐厅的长桌、彩虹色塑胶桌、坐起来不太舒服的金属椅、装有冰水的大冰柜,以及擦得光亮的咖啡壶,一切都保持原样,和暴风雨来之前一模一样。唯一可以证明这房间受过风雨侵袭的地方,就是窗户以及地板上的一摊积水。

刚刚经历的一切如梦一般,"打击"这两个字又使晕晕乎乎的我恢复了意识。我不敢相信自己刚刚经历了一场狂风暴雨、电闪雷鸣。表面上,我只有后脑壳被撞了个包,可事实上我实在是吓坏了,像个孩子一般受到了巨大的惊吓。刚才我竟然傻傻地想去按电源的开关!而且不去等闪电间隙去按开关,反而偏偏选择闪电正好闪击过来的一刹那,难怪会被击昏,头上还被撞个大包。看来这是老天爷对我这只愚蠢、自大且胆小的可怜猫儿的惩罚。突然想起什么似的,我急忙跑到房间里去,随手抓起放在柜台上的皮包,然后跑到食堂柜台后面,弯下腰,看着柜台下的镜子,仔细检查我的脸。我睁大眼睛看,仔细看着脸上的每一处,我看到了一双清澈的蓝眼睛默默凝视着我。然后我看到长长的睫毛,扑闪扑闪地在镜中不停眨动。还看到了我棕色的眉毛,紧蹙着的眉头带着一抹疑虑。接着是饱满的额头。再往后看,谢天谢地,我看到了自己那头深棕色的头发完好无损,仍然呈大波浪卷分在左右两边,只是被风吹得有点乱而已。于是,我把梳子拿出来梳了两下,然后把它放回袋子,啪地扣上袋子的扣子。

我看看手表,快七点了,打开收音机,看有没有暴风雨的新闻。收音机里报道,有些地方的高压线被吹断了;哈得孙河的水位高涨,尤其是格伦斯福尔斯一带的水位已经涨到危险的高度;第九公路萨拉托加·斯普林斯那一段的榆树被大风刮倒,堵住了道路;而梅凯尼克维尔附近也发出了洪水警报。我边收听报道,边动手剪了块厚纸板,用透明胶把它补在那个窗户破洞上。然后,我又用抹布把地上的积水擦干。打扫完后,我穿过短短的廊道,走回自己的房间。这是靠近湖泊右边的9号房间。我脱了衣服,冲了个澡,又洗了洗刚才倒地时弄脏的白色衬衫,然后把它挂起来晾晒。

此时此刻,我已经忘记了刚才的暴风雨带给我的惊吓和自己那些不经大脑考虑的愚蠢行为了。一想到以后单独一人度过这寂寞的黑夜,我就有些低落;但又想到明天开始可以到处走走,心情又明朗欢快起来,有种想唱首歌的冲动。一时心血来潮,我马上就去翻箱倒柜,找出自己最喜欢的衣服。这是一件黑色的天鹅绒贴身连体裤,臀部下面装饰有一条金黄色的拉链,非常紧身性感的一款衣服。还有我的用金丝编织成的毛衣,带有松软宽边的圆翻领。整体搭配起来,性感之中不失雅致。穿上后,看着镜中的窈窕淑女,我觉得如果把袖子挽起来会更别具风情。然后又蹬上一双价值不菲的菲拉格慕金色凉鞋,穿戴好之后,我快步走到前厅。那里还存有一瓶上好的波本威士忌,够我好好喝上两个星期了。拿了漂亮的刻花玻璃杯,放几块冰块,倒入酒,摇匀。然后,又从前台拿了一张椅子放好,打开收音机,把声音调大,点亮灯,一口气把酒喝完,然后舒舒服服地蜷窝在椅子里。

收音机广播里不时插播有关猫的商业广告,比如猫喜欢吃什么猫粮等。这种轻快的语调和外面狂风暴雨的持续轰鸣形成鲜明对比。外面的雨滴被大风刮到窗户上,哐哐哐!好像霰弹打在窗户上,要把这屋子推倒似的。不过房里基本没受什么影响,没有湿漉漉的雨水,闪烁着温馨的灯光。收音机在播放四十分钟的音乐节目,不久,传出墨迹斑斑乐队演唱的《梦中情人》这首歌。我的思绪一下子被拉回到那段在泰晤士河上的时光。那是五年前的事了,我和几位朋友坐着小船沿着泰晤士河顺流而下,来到远处的温莎城堡。当时德里克负责划船,我则负责看着手提电唱机。我们只随身带了十张唱片,每次播完墨迹斑斑乐队的《梦中情人》这首歌,德里克总要说:"薇薇,再放一遍吧。"于是我屈身蹲下,调整唱机,重放一遍。

想到这里,我的眼眶里已充满泪水,并不是因为想到德里克的缘故,而是怀念那段逝去的美好:少男少女甜蜜又痛苦的爱情、灿烂的阳光、初恋情歌、一起拍的照片、初恋的情书等等。那段酸中带甜、甜中带泪的少女时代,是这般令人怀念,却又带点儿伤感。时光无法倒流,逝去的往事已经随风飘走。我忍不住流下了泪,索性沉浸在回忆中不可自拔。

我的名字叫薇薇安·米歇尔。我现在二十三岁,身高五点六英尺。我一直都对自己的身材引以为傲,觉得自己有一副完美无瑕的身材。但是在英国时,那些英国女孩都说我的屁股看起来太翘了,我的胸部也是,我要穿一个更紧身的内衣才行。我的眼睛是蓝色的,有一头自然卷的深棕色的秀发。我希望有一天,能把头发留长,烫一头像卷毛狮子狗一样的发型,让自己看起来更成熟时髦。我喜欢自己的高颧骨,虽然英国的女孩们说,我看起来有点像外国人,但是我的鼻子过于小巧,相比之下,嘴巴显得有点大,看起来非常丰满性感。我不希望自己看起来太性感,因为这样会招致别人的羡慕和嫉妒。我自认为是一个性情乐观开朗,带点忧郁和罗曼蒂克的人,但是修道院的姐妹们以及脾气暴躁的斯芮德戈尔德太太,常常认为我任性又倔强。她说:"薇薇安,女孩子还是要温柔些,要像棵柳树,不要像刚烈的橡树和桦树,那是男人才该有的气概。"

我是法裔加拿大人,出生在距魁北克不远的伊莱厄奴奈安

The spy who loved me

海岛以北的一个名叫圣花密利的小城。伊莱厄奴奈安海岛位于圣劳伦斯河流的中间,接近魁北克海峡,状似一条巨型的沉没凹陷的船。我从小在河边长大,所以对游泳、钓鱼、露营等户外运动来者不拒。我对父母的印象很模糊,不过印象中我好像更喜爱父亲一些。八岁时,蒙特利尔有朋友举行结婚典礼,我父母应邀参加婚礼。那是个战乱不断的年代,在他们参加婚礼的路上,他们乘坐的飞机失事,不幸双亡。经法院判决,我那不幸丧夫的婶母佛罗伦斯·图森特成为我的监护人。于是她就顺理成章地搬到我家,抚养我长大。我们相处得非常愉快,但是由于我是天主教徒,婶母是新教徒,我们有时会因为信仰问题而产生争执。虽然婶母一直想说服我成为新教徒,但是由于在魁北克,神父的影响力是非常大的,所以我最终还是信奉天主教了。在十五岁以前,我都在乌尔苏拉修道院接受教育。修女们管教严格,要求对主虔诚,所以我学习了大量的宗教史以及各种晦涩难懂的神学教义。我实在不想变成护士或修女,希望学点其他有趣的课程。到了最后,我几乎要闷死了,只得求救于婶母让我脱离苦海。她很高兴地把我救出修道院,打算等我到了十六岁,就送我到英国上学。在当时的魁北克,婶母的做法引起了轩然大波。乌尔苏拉修道院是魁北克的天主教传教中心,很久以前,英、法两国在魁北克交战,法国大败,吃了败仗的法国将军蒙特卡姆的头盖骨,就被放在这座修道院中。近两个世纪以来，无论白天还是晚上，每次做礼拜，都有不少于九名修女跪在圣坛前祷告。我的家庭也是属于法裔加拿大人，所以一旦有人敢破坏这传统规矩，绝对会是一件丑闻。

在魁北克，我们这种家庭的孩子，通常自己组成一个社交圈——类似秘密团体，就跟日内瓦的加尔文派一样组织严密，力量强大。在这个团体里，所有人都很得意地把自己称作"法裔加拿大人"。在他们眼里，较为低等的是那些加拿大人，尤其是能讲新教徒的加拿大人。此外，还有"莱斯安格拉里斯"（指来自英国的移民的子孙）以及"莱斯美利坚"（指美国人）。其中，法裔加拿大人对自己能讲法语，尤其是两百年以前的移民者语言引以为傲，但现在的法国人听不懂，因为里面混合着法语化的英文——就像非洲白人的语言与荷兰语之间的关系。这个魁北克派非常自以为是和排外，甚至看不起法国本土人，把法国人都当作外人来看待。说了这么多，主要是想说明，作为米歇尔家的一份子，如果我背叛了这种传统，就会像西西里岛的黑手党的成员发生背叛行为一样被认为十恶不赦。因此，我非常明白，我不能随便抛弃修道院和魁北克，否则自己将陷入万劫不复的境地。

不过我的婶母很有智慧地帮我解决了这些问题，她禁止我以前的朋友再和我来往。这让我一直怀着背叛朋友的负罪感，直到去英国后，我还是难以释怀，变得小心谨慎，对人有点冷漠，被英国人说成带着殖民主义的小家子气。当就要读专为年轻女孩儿们设立的精修学校时，我的恐惧和心理负担更重了。

在英国，精修学校大部分都集中在桑宁代尔这个地方。斯芮德戈尔德太太建立的阿斯特之家，就位于这里。阿斯特之家是一座大型的类似维多利亚时代的古老建筑。楼上被分成了二十五个隔间，每间寝室可住两个人，我和另一个外国人合住一间。我的室友是一名皮肤黝黑的黎巴嫩人，腋下长满了浓密的黑色腋毛，她的父亲是百万富翁。她很喜欢巧克力和埃及男影星班赛德，所以只要有班赛德的照片——一口闪亮的白牙、浓密的胡须、炯炯发亮的眼睛、油亮的头发——我们就会马上过去撕掉，然后扔到马桶里用水冲掉。也许是因为家里有钱，所以她喜欢颐指气使，性格暴躁任性，还有严重的体臭，总以为钱可以解决所有事情。这样一来，大家很同情我，反而对我很友善。当然并不是所有人都这样友善。由于我是加拿大人，常常有人笑话我的口音，觉得我缺乏餐桌礼仪，举止粗鲁。还有人觉得我反应不够灵敏机智。总之都是对加拿大人的刻板印象。现在回想起来，那时的我过于敏感，性格又急躁，对一些霸凌行为，会毫不客气地反击回去。有一次，我毫不客气地殴打那两三个虐待我的人。结果，其他人跟她们合伙把我压在床上，拳头如雨点一样打在我身上。有人猛掐我的大腿，还有人提了桶水往我头上浇下去。直到我开口求饶，保证以后乖乖听话，她们才放过了我。刚开始我还是有点不服气，不过后来逐渐安定下来，习惯了这种和平协定，开始柔顺地学习大家要求的"淑女之道"。

平时学习非常繁忙，只有假期才可外出。我喜欢大自然，喜欢户外运动。宿舍里，有个叫苏珊·达夫的苏格兰女孩和我一样，也喜爱户外运动，于是我俩成了无话不谈的好朋友。她是独生女，从小没什么玩伴，所以她父母很高兴我成为她的朋友。每年夏季，我就到位于苏格兰的她家里去。冬天和春天是滑雪的季节，我就和她一起到瑞士、奥地利、意大利等地一起滑雪。在精修学校求学的时候，我们形影不离，也同时毕业。毕业后，为了参加海德公园酒店举行的舞会，我求婶母代付五百英镑的会费才顺利和苏珊参加了舞会。舞会很无聊，我和苏珊只跳了几支舞就没什么兴致了。舞会中虽不乏年轻小伙子，但看起来粗俗无礼，一点男子气概都没有，根本比不上加拿大人（有可能这都是我的偏见和误解，因为听说其中有一个人竟然是那年的全国越野障碍赛马的冠军呢）。

就在那时，我认识了德里克。

当时我只有十七岁半。我和苏珊两人合租了位于伦敦老教堂街的一间三室公寓，距离国王大道不远。6月底，我们还没找到工作，于是决定邀几个好友，开个舞会好好放松一下。正好对面一家房子的主人要趁暑假到国外旅行，临走前托我们照看房子,作为感谢,我们可以使用这屋子,于是我们打算用这屋子作为舞场。由于我们俩总是跟人出去跳舞,当时囊空如洗,我只好又打电话给婶母,请她寄一百英镑来,加上苏珊手里还攒有的五十英镑,这笔钱足够我们风风光光地办个舞会了。我们邀请了差不多三十个人,预估只有二十位确定会到。于是我们准备了十八瓶香槟酒,都是桃红色的好酒,一罐十磅鱼子酱和两罐比较便宜的鹅肝酱。我们又在街上买了些有大蒜味的佐料,把奶油涂在黑面包上,中间夹着西洋菜和熏制鲑鱼,可口的三明治就这样大功告成了。我们还用梅子、巧克力制作了类似圣诞大餐时的餐后甜点。等一切准备就绪后,我们把雪白发亮的桌布铺在桌上,敞开大门,屋内色彩缤纷,就像盛大的自助餐一样。

舞会开得很成功,可以说前所未有地成功。我们邀请的三十位来宾全都来了,有些人甚至还自带舞伴,这使舞场显得有些拥挤了。有些人甚至坐到楼梯上了,还有一个男人居然把女孩抱在膝上,在厕所里谈天说地。屋子里一片喧哗,热闹非凡。也许我们的性格没有自己想象中那么棱角分明,难以相处。就连平日爱憎分明的难处的人,在柔和的灯光下,似乎都显得很友善。就在这时,没想到酒没有了!所有的酒都喝光了。我顿时没了主张,不知所措地站在桌边。一个爱说笑打趣的人倒完了最后一滴酒后,摇晃着酒瓶,提高嗓门说道:"快拿水来,既然没有酒,就赶快拿水过来。否则我以后再也不来英格兰这种差劲的地方了!"众目睽睽之下,我不知所措,语无伦次地说:"对不起,酒已经喝光,没有了。"这时候一个靠在墙上的高大男人走过来替我解围:"还有酒呢!你忘啦?在地下室的酒窖里。"说完,他一把抓住我的手肘,把我拖出了门。"跟我来,"他语气果断地说,"这么好的一个聚会,怎么能让它毁在酒上呢?我们到酒吧去买些酒回来吧。"

于是,我们俩来到酒吧,买了两瓶杜松子酒和几颗柠檬。我们争着付钱,最后他付了酒钱,我付了柠檬钱。这时,我才发现他有点头重脚轻,好像喝多了。果不其然,他说在来参加我们的舞会之前,已参加过一个舞会了。他是跟着苏珊的朋友,一对叫诺曼的年轻夫妇来到我们这个舞会的。随后,他自我介绍,说他叫德里克·马拉贝。由于我一直挂念着回去送酒,所以实在没什么心情和他聊天。我们爬上楼梯,还没进门,大家就欢呼起来,欢迎我们带酒归来。其实这时舞会的高潮已过,时间也差不多了,客人早已三三两两地散去,只剩下平常较要好的朋友和一些无处可去的人。没过多久,人越来越少,诺曼夫妇也要告辞了,临走时跟德里克说,门钥匙放在垫子底下,别忘了拿。苏珊让我跟她一起去对面的小店吃点东西。我对那家小吃店的印象不怎么样,这时,德里克忽然跑到我身边来,撩开我的发丝,附在我耳边嘀咕。他的声音有些沙哑,问我是否愿意和他单独出去。我爽快地答应了,也许是因为他长得高大帅气,也有可能是因为他替我解了那个围,总之我也说不清具体是什么原因。

夏天的夜晚有点闷热,大家都离开了闷热的屋子,出来透气了。苏珊和几个朋友在马路上遛来遛去。我和德里克走到国王大道,招了辆计程车坐进去。过了一条街后,他把我带到一家专卖意大利面的小吃店。我们随便吃了些东西,他还叫了两瓶酒,我喝了一小杯,剩下的他全喝光了。我们一边吃一边闲聊。他告诉我他家住在温莎城附近,他今年刚满十八岁,今年是高中生涯的最后一学期了,他还参加了校板球队。这次之所以来伦敦,是因为他婶母最近去世了,给他留了一笔钱,他要过来见律师办理遗产继承一事。他的父母也一同前来,白天都在一起,晚上父母去看板球赛了,看完球赛后返回温莎,留他一人在诺曼夫妇那儿过夜。如果他也跟父母一起去看球赛的话,现在也许已经回到家上床呼呼大睡了。今晚连续参加了两个舞会,他现在已经筋疲力尽,要我陪他到"400"夜总会那儿坐坐。

听说要去"400"夜总会,我立即兴奋起来。这可是一家在伦敦数一数二的高级夜总会,我从来没有去过这么高级的夜总会,以前去过的最好的夜总会,是在切尔西的一家地下室夜总会。兴奋之余,我也简单介绍了下自己的情况,以及关于阿斯特之家的趣事,我们相谈甚欢。他很成熟老练,付账时也知道给多少小费,毫不吝啬。虽然他高中还没毕业,可是言谈举止却像一个成熟男人。不过也是因为英国公立学校培养出来的学生都很成熟,举止文雅。离开小店后,我们叫了辆计程车,上车后他握住我的手,但并没有进一步逾矩。到了目的地后,我才发现他好像是这里的常客,大家见到他都会点头打招呼。夜总会里灯光朦胧,充满了浪漫氛围。他叫了一小瓶杜松子酒,侍应生很快就送到桌上,只有半瓶,我怀疑应该是他上次来喝剩的。这时,乐队奏起了轻柔舒缓的音乐,他抱着我步入舞池。他是个跳舞高手,我们配合得天衣无缝,跳得非常开心。这时,我终于有机会看清楚他了,他的太阳穴旁有一撮柔软的深色头发,手指优雅修长,一双始终带笑的眼睛,闪闪发亮。我们一直玩到凌晨四点,喝得有点醉醺醺的才离开夜总会。他醉得都站不稳了,我赶快扶着他,坐上了计程车,在车里我很自然地抱着他。突然,他俯下头来吻我,我不由得迎了上去。有两次,他的手落在了我的胸部,我下意识把它挥开。到第三次,我觉得自己似乎过于紧张了,没有再抗拒。接着,他的手由上而下,试图解开我的裙子。我挣扎着,推开了他的手,但他似乎毫不介意,又轻轻地把我的手放在他的那个关键部位,我吓了一跳,猛然抽回自己的手,不过我已感觉到体内有一股暖流涌动,四肢有点瘫软。就在这时到我家了,车子停后,他下车把我抱到了门口。道别时,他说会写信给我,然后又吻了我,把手放在我背后,紧紧地拥抱着我。终于我们还是依依不舍地分开了,直到他的车子消失在拐角处,我还依稀感觉到他的手留在我腰上的余温。我悄悄地跑进屋里,全身瘫软地倒在床上,茫然地望着梳妆台上的镜子。镜中的我,双眼迷离,两颊绯红,像在发烧似的。看来是饮了过量杜松子酒的缘故,但是我脑子里却反反复复回响着一句话:"上帝啊,难道我坠入情网,爱上他了吗?"

第三章　春情初醒

要想把事情说得很清楚,可能要花相当长的时间,不过如果仅是回忆一下,只要短短几分钟就可以了。从回忆中醒来后,我就一直坐在那把有扶手的椅子上。广播电台仍在播放轻音乐,现在播放的这首好像是唐雪莉演唱的《甜蜜女孩》。玻璃杯里的冰块已经融化了,我走到冰柜前重新加了几块,又踱回去蜷缩在椅子上,小口小口地浅酌细品,这杯酒才能喝得久一点儿。然后我又点着一根香烟,在一圈一圈的烟雾中,我仿佛又回到了那个浪漫的夏季。

德里克的最后一学期也结束了。在这段时间里,我们互相写了四封信。我至今仍记得他的第一封信,开头就是"亲爱的",结尾则是"爱你和想吻你的德里克",我也照着写上"亲爱的"和"爱你"等热情洋溢的词句。他在信中常提到他玩板球的事,我则常向他提及参加了的舞会,以及最近看的电影和戏剧等。他打算暑假回家,他父母准备给他买一部二手车,这让他兴奋不已。他还邀请我到他家里玩一下。于是我告诉苏珊今年暑假打算留在伦敦,不去苏格兰了,苏珊对我的计划非常惊讶。我每天都比苏珊起得早,去信箱检查有没有德里克的信,所以对于我跟德里克之间的事,她一直蒙在鼓里。老实说,这种神神秘秘的行为一点儿也不是我的作风。但是我很珍惜这段感情,总觉得这场爱情太脆弱,害怕只是昙花一现,所以我不想过早告诉别人。说不定本来没有的事,却被我的乌鸦嘴说中了呢。

我常常想,像德里克这种英俊潇洒、风度翩翩的男孩,在学校里肯定是风流人物,女朋友一定多得连自己都数不清,肯定有很多光鲜亮丽的富家千金拜倒在他的西装裤下,等着他的电话。想到这儿,我越发觉得还是先瞒着苏珊比较好,就对苏珊说,想要留在伦敦找份工作,有空再去苏格兰找她。没过多久,苏珊回苏格兰去了,我也正好收到了德里克的第五封情书。他在信中要我下星期六从帕丁顿坐十二点的火车去温莎,他到时会开车到温莎车站接我。

我们开始频繁地甜蜜约会。第一次约会,他站在月台上等我，刚开始见面时我们都还有点羞涩。他一直对我侃侃而谈他的汽车，拉着我去看。他的车子看上去很豪华，红皮座套，全新的轮胎，黑色的车身，车身四周有各种绚丽的装饰，宽大的油箱盖子上有英国赛车手俱乐部的专有标志。上车之后，我用德里克给的彩色丝巾把头发扎起来，以免被风吹乱。车子开动后，速度很快，转眼间德里克就过了几个红绿灯。随后我们来到河畔的一条公路上，德里克似乎想炫耀一下车子的功能，开得非常快，而且会故意变道，忽左忽右，忽高忽低。由于车子座位较低，所以即使车的时速只有五十公里，但也感觉非常快，像一百公里以上似的。我吓得心惊胆战，紧紧抓住安全手柄，祈祷不要出事。幸好德里克开车技术高明，我逐渐相信他的技术，整个人也逐渐放松了下来。德里克把我带到一间名叫"巴黎"的豪华饭店，点了熏鲑鱼、脆皮烤鸡、冰淇淋等美味食物。最让我喜出望外的是，他带我来到了隔壁的游船游乐场，然后租了一艘电动船。我们就慢慢地向上游开去，把它开到美登赫桥下，然后又开到库克姆船闸旁边的浅水处。德里克把船停在了垂柳飘飘的岸边，然后拿出随身带的便携式唱机。我爬到船尾，和他并排躺下来，听着美妙的音乐，抬头看着小鸟在我们头顶的鸟巢中蹦上跳下。这真是一个美妙的下午，我几乎昏昏欲睡了。忽然，他的头侧过来了，凑上前温柔地吻了我，并没有进一步的举动，可见他没有把我当作那种随便的女孩子。不久，越来越多的小船开过来了，我们只好把船开回去，没想到一不留神，差点翻了船。还好，我们都反应够快，没有掉下水去。然后我们沿着河流快速地开回去，河上挤满了各式各样的船，有双人坐的，也有一家大小坐的，非常热闹。晚餐时，德里克带我到伊顿的一家名叫"茅草屋顶"的小吃店，我们享用了炒鸡蛋和咖啡。吃过饭后，他说要请我去看电影。

从城堡到阿斯科特路有很多条小街道纵横交错，其中有一条叫法科尔街，这条街上有一家名叫"皇家"的电影院。这是家不起眼的小电影院，可看的电影非常少。当时正在上演两部西部片，一部是卡通片，一部是名叫《新闻》的电影，讲述的是女王一个月前已经做的事情，没有什么新意，乏善可陈。德里克花了十二先令，订了一间特别座。事后我才明白他这么大方的原因。特别座就是放映室两旁的小房间，差不多六英尺大，里面光线昏暗，放有两把椅子。刚踏进这个小房间，我还没坐稳，德里克就迫不及待地把他的椅子拉到我身边，开始疯狂亲吻我的脸颊，同时双手也在我身上不规矩地抚摸。起初，我感觉很不舒服，认为他早就心怀不轨。可是随着他的手不停地上下滑动，我渐渐地开始四肢发软。他的手缓慢地在我的身上游走，轻柔且老练。终于，他的手停在我的重要部位，我情不自禁地把脸埋在他的肩上，紧咬着嘴唇。过了一会儿，一切都结束了，我感觉到体内一阵温暖，不知不觉已泪流满面，沾湿了他的衣领。

他温柔地吻着我,在我耳边呢喃道:"你是我见到的最美好的女孩,我爱你。"这时,我撑着身子坐起来,从他身边离开,用手悄悄拭去脸上的泪水,佯装在看电影。我知道,我已告别了天真无邪的少女时代,也许以后他不会再尊重我了吧。这时候,进入中场休息时间,他起身买了两杯冰淇淋回来,坐在我身边,紧搂着我的肩膀说,今天是他有史以来最难忘的一天,真希望以后的每一天都像今天一样美妙。我警告自己不要再心猿意马,再犯傻了。德里克刚才的举动仅仅是爱抚而已,每个人都这样做,都会有这种美妙的感受,只要我不会怀孕就行。而且只要是男人,一般都有这方面的需求,如果我不答应他,他一定会找其他女孩子,这当然是我不愿意看到的。因此,当灯光重新熄灭,电影再次播放的时候,他的手又不规矩地伸到我的衣服里去,毫不客气地揉捏着我的胸部。这一次,我放轻松了,不由得自己也兴奋起来。这时,他在我颈部轻轻吐气,说道:"宝贝,我爱死你了!"不一会儿,他的气息逐渐浓烈起来,我渐渐觉得兴奋起来,我意识到自己和他已经灵肉合一了。我轻轻地爱抚着他,捧起他的脸亲吻着他。过后,我想我们两人之间的关系应该是更进一步、更熟悉了,再也没什么隔膜了。

电影结束后,德里克开车送我到车站,幸好没错过开往伦敦的末班车。我们相约下星期六的同样时间再约会。他站在车站黄色的灯光下,一直目送我到看不见为止,还不停地挥舞着手再见。我知道,我们已经开始真正的恋爱了。我们约会的内容都大同小异,除了去不同的地方吃饭以外,会固定去那条河流游船听音乐,去电影院中的特别座看电影。但是,我们更享受彼此的身体接触,无论在船上、在车中,还是在电影院里,我们总是乐此不疲地探索对方的身体。一转眼,夏季就过完了,进入9月份。

那是一段美好的日子,在我的记忆中,阳光始终灿烂,万条垂下绿丝绦,倒映在碧绿清澈的水中,天鹅穿梭在浓密的树荫里,燕子蜻蜓点水似的在布谷堤坝那儿驻足片刻,又匆忙飞走了。德里克和我也时常在布谷堤坝那边游泳嬉戏。这条河蜿蜒经过布罗卡斯牧场,通向温莎桥。碰到下雨天,或者因假日出来游玩的人太多,或者是乌云密布的时候,我们就到其他地方游玩,不过我不太记得到其他地方游玩的情景了。这个夏季的每一周都如湍急的水流一般飞掠而过,充满欢声笑语和灿烂的阳光。

终于,9月的最后一个星期六到来了,虽然我们还是无忧无虑地继续约会,但事实上我们的生活将发生改变。星期一苏珊要从苏格兰回来,我也找到了一份工作,而德里克也要到牛津去上大学。我们还是像以前那样约会,表面上尽量装出满不在乎的样子。我想把我和德里克之间的事情,透露一点给苏珊,打算每周末到牛津去见德里克,或者他来伦敦看我。我们没有刻意地讨论未来的发展,但我知道,我们的感情早已如胶似漆,会继续下去。德里克曾含糊地说过要找适当的机会,带我跟他父母见个面,但是他从未真正抽时间带我见他父母。每次周六约会,我们都有太多美好的事情去做。除了星期六以外,他似乎都忙得没有多余的时间陪我,这让我感觉有点奇怪。不过后来仔细想想,他除了学业以外,还要打板球、网球,而且还要抽时间和一群好友相聚,所以能留给我的时间确实不多。我其实不太想干涉他的日常生活,至少目前还不想,只要每个星期有一天的时间可以完全拥有他,我就很满足了。胡思乱想得太多,只会影响自己每个星期六的约会心情。

那一天,德里克显得尤其温柔体贴,晚上带我到布丽杰旅馆去,而且还叫了杜松子酒。虽然平常我们都很少饮酒,但那天晚上特别,所以我们各喝了三杯,吃晚饭时,他又点了香槟酒。酒足饭饱之后,我们又去了那家常去的有特别座的小电影院。那一晚,我们都喝得醉醺醺的,我心里反而暗喜,觉得这样一醉能解千愁,可以暂时忘记明天起我们的生活要进入新的篇章,这段甜蜜的日子也将暂时告一段落的痛苦事实。可是当我们走进那间常来的特别房后,德里克却一反常态,一副心事重重的样子。他没有像之前那样急切地拥入我怀,反倒跟我保持距离,边抽烟,边聚精会神地盯着银幕看电影。这种反常使我纳闷,我主动坐过去,抚摸他的手。可他还是正襟危坐,专心地盯着屏幕。我忍不住问发生了什么事情,过了一会儿,他叹了口气,语气坚定地说:"我希望你今晚能留在这里陪我,别回去了。"

我吃了一惊,他的口气相当坚决,好像早已决定好了似的。以前,他也曾经这样要求过我,但我总说以后机会多的是,他也没再坚持下去。现在,我又用同样的理由搪塞过去,但是感到有点紧张不安,他的态度是如此坚决,好像事情已成定局。我不明白他为何要在这最后一晚,提出这样的要求。接着,他又说:"既然我们已经是情侣,为什么不可以像正常的情侣那样相处呢?"我说:"万一怀孕了怎么办?我真的害怕有孩子。"他安慰我说:"这种事很好解决的,不要担心。"他说他可以戴安全套。可是我仍然不死心地劝他不要这样,而且这里毕竟是电影院,很不方便。他说:"这里的空间够睡觉了,而且我马上要去牛津了,临走前想好好跟你相处一下,你就当作是我们结婚的前奏吧。"

我当时脑子一片混乱,我觉得他之所以坚持这么做,肯定是别有用意,他可能认为这样是一种爱的誓约。但是不管他的理由是什么,我还是有些害怕。踌躇间,我鼓起勇气问他有没有准备安全套。他说:"我没带,不过附近的药房都有卖,二十四小时营业,我现在就去买一个回来。"话还没完,他迅速地在我脸上吻了一下，急切地站了起来，飞快地跑出了特别房。

我茫然无措地坐着，眼睛茫然地望着前面的银幕，思绪一片混乱。现在是骑虎难下，我已没法再拒绝他了，他很快就会回来。今晚要在这个肮脏偏僻的电影院中黑漆漆的小屋里和他做那件事。今后我将不再有任何秘密，他会看轻我的。一想到这里，我蓦地站了起来，想逃出电影院，跳上下一班车，回到伦敦去。但是，如果我临阵逃脱，他肯定会暴跳如雷，会觉得非常难堪，而且我们好不容易建立起来的感情将走入死路。而且如果没有满足他的欲望，我总觉得这样对他好像也不太公平似的。倘若今晚得不到发泄，他一定会感觉非常痛苦，这样反而不好。不管怎样，我们迟早会走到这一步，他为什么一定要选择今天这特别的日子呢？女人第一次一般不会有很大的快乐的。左思右想，我想到一条缓兵之计，我可以让他草草结束，这样既不会触怒他，也不会伤害到我俩的感情。

忽然，门吱呀一声打开了，有一道光线射进来。他上气不接下气地跑了进来，附在我耳边兴奋不已地说："我买到了。不过，我去的时候，是位年轻的小姐接待的我。我觉得超级尴尬，最后还是硬起头皮，结结巴巴地说：'我想要那种不会让女孩怀孕的东西。你知道的。'想不到她居然若无其事地问我，要什么牌子的，我也没什么经验，只说要最好的。这个女孩意味深长地对着我笑，好像在打量我需要用什么样的尺寸，然后才转身

The spy who loved me

去拿。"说到这里,他不禁笑起来,紧紧抱住我。看他一副兴高采烈的样子,我实在不想扫他的兴,只能强颜欢笑。人生如戏,我就权当它是一场戏好了,如果我拒绝了他,对于他这种自尊心强的人不啻一场重大打击。

他动作粗鲁,我痛得几乎忍不住哭出声来。后来,他索性把椅子推到房间一个角落去,脱掉上衣铺在木质地板上,让我躺下,我无奈照办。然后,他跪下来,抚摸我的小腿,要我把两脚抬起来,我都照做了。但是这样令我觉得很不舒服,只好低声哀求他:"别这样,德里克,我觉得很不舒服,我们还是不要在这里。"但是他置若罔闻,整个人跨在我身上,我被他压得动弹不得,只希望他赶快结束,这样他不会事后再怪罪我。

就在此时,我做梦也没想到,发生了一件比世界末日降临更可怕的事!

突然,一道黄色的灯光射了进来,紧接着有人愤怒地呵斥道:"你们这对不要脸的狗男女,把我的电影院当成什么地方了?快点起来!"

当时的我羞愧难耐,恨不得找个地洞钻进去。德里克赶快站起来,脸色像纸一样惨白,没有一点血色。我的小腿一直打哆嗦,努力撑稳,缓缓地站起来,头垂到胸口,像犯人一样等候着宣判,真希望立即被一枪毙掉算了!

门口忽然冒出来的黑影,指着我散落在地下的手提包和内裤说:"快把这些东西捡起来!"我羞得抬不起头来,慌忙蹲下去把内裤拾起来,卷起来拿在手中,不知要藏在哪里才好。"你们这对肮脏的狗男女,还不快给我滚出去!"他半侧身站在出口处,我们步履蹒跚,慌乱地逃离现场。

那人砰的一声甩上门,快步挡在我们面前。这时候,在电影院后座看电影的两三个人走了出来,探头探脑地朝我们这里张望。天哪,估计整个电影院的观众都听到了管理员的叫骂声。他们一定已经听到了一切:我们两人的谈话、动作,还有德里克刚才告诉我怎么做的那些话……我不敢想下去了,羞愧得无地自容,浑身不住地战栗着。这时,卖票的女孩也从房间里跑出来好奇地张望,就连在电影院入口处看广告栏的人,也不约而同地回头,透过昏暗的灯光好奇地望向我们。

这个管理员皮肤黝黑,身材矮胖,穿了一件紧身西装,胸前还插了一朵花。他毫不客气地从头到脚把我们打量了一番,脸孔由于生气涨成了猪肝色。"你们这对不要脸的狗男女!"他转向我看了一下,"以前我就见过你,你简直就跟妓女一样。你们的肮脏行为有伤风化,我完全可以叫警察来抓你们,还不赶快感谢我!"他熟练地说着这些冷酷无情的话,看来他以前肯定多次碰到过这种情况。随后,他从口袋里掏出记事本来说:"叫什么名字?自己老实报上来吧。"他手里拿着铅笔,看着德里克。德里克结结巴巴地说:"呃,我叫詹姆斯·格兰特(现在正上演的电影中的主角就叫卡里·格兰特),家住内特贝特阿卡恰路二十四号。"管理员抬起头:"没听说内特贝特有条阿卡恰路,只知道有条叫亨利·牛津路。"德里克坚称道:"你记错了,有这条路,就在后面小巷里。"不一会儿,他又心虚地接口,"反正就是靠近小巷……"管理员不耐烦地打断了他的话,看着我说:"你呢?"他的表情不怀好意,好像我真的是一个妓女似的。我突然觉得口干舌燥,困难地咽了咽口水说:"我姓汤普森,全名是奥黛丽·汤普森,家住伦敦托马斯路(由于过分紧张,差点说成汤普森路),门牌是二十四号(号码和德里克的一样,等讲出后我才发觉,由于紧张,实在没法仔细考虑)。""什么区?"我不知道他为什么这样问,茫然无措地看着他不回答。"我问你邮政区号。"他不耐烦地提高音量再次问道。忽然想到切尔西区,于是我有气无力地答:"SW 六区。"写完之后,他啪的一声合上记事本,指着外面的马路,恶狠狠地说道:"好了,快给我滚!"我们一声不吭,赶快从他身边绕过去,他一直在后面跟着,手还指着外面的马路,大声叫喊说:"以后不要再来我们电影院了,我已经记住你们两人的长相了,再让我看见的话,我会马上叫警察来!"

这时,已经围观了不少看热闹的人,面露嘲笑,对我们指指点点。我紧紧挽着德里克的手臂(为何不是他挽着我呢),赶快逃离这个可怕的是非之地,本能地拐向右边一条下坡的路,这样可以越走越快。我们不敢停下来,似乎有猛兽在后面追击似的,直到钻到小巷里才停下来。车子停在电影院旁边的坡顶,我们只能另外绕路悄悄地返回那儿。整个过程中,德里克一言不发,直到我们快到那儿时,他才说:"绝对不能让那些人记住车牌号,我还是把它开回来吧。你先到温莎山富勒斯街道对面,在那儿等我,我估计十分钟后到那里。"说完他推开我,大步消失在黑暗的街道上。

我茫然地站着,注视他远去的背影。他一向挺拔潇洒的身姿,现在看起来萎靡不振,没了往日的神气。一直到他的身影消失在街道尽头,我才转过身,孤独地走过与法科尔街平行的那条路。

直到这时我才回过神来,发现自己手上仍拎着那条内裤。我赶快把内裤放进手提包里去,掏出镜子,借着路边的灯光,看看镜中的自己。我看起来相当糟糕,脸色灰白,眼睛空洞无助。原本柔顺的秀发也因刚才躺在地上而弄得乱七八糟。嘴唇上的口红,则被德里克刚才狂风骤雨般的亲吻变得斑驳。冷静下来后,我想起刚才所发生的一切。"这对不要脸的狗男女!"这句话说得多么贴切啊!我只觉得全身发冷,瑟瑟发抖,感觉自己前所未有地肮脏、下流。还会发生什么事呢?那个人会检查我们的地址,然后让警察逮捕我们吗?我又想起以前的那些星期六,肯定有人看到了我们在特别小屋中那些见不得人的勾

The spy who loved me

当,这些人也许早把德里克的车牌号记下来了,或许那些常在电影院附近走动的小孩也把车牌号记了下来。每个犯罪现场,总会有人爱管闲事。我们确实是犯了罪,我们的这些行为在保守的、都是新教徒的英国,简直是罪无可恕! 当德里克从我身上跳起时,管理员一定看到了他那赤条条的下身。唉,我不敢再想下去了,全身不寒而栗。想了好久,我猛然想起德里克的车子也许已到,在那儿等我了。我朝镜子瞥了最后一眼,拍拍脸,整整头发,然后赶快穿过马路,朝温莎山方向走去。我一边走,一边紧张地回头张望,生怕有人跟踪似的,耳边似乎响起那些鄙夷的嘲笑声和指责声:"快看啊,这就是那个不要脸的女孩!""对啊,就是她!""啧啧啧,真是不要脸啊,被人弄脏了身体……"

第四章　永别了,薇薇

对我来说,那个夏天晚上的噩梦并没有就此结束。当我到达富乐斯街的对面时,我看到德里克的车子旁边站着一名警察,正在跟他说着什么。这时德里克恰好转过头来看到了我,对着警察说道:"警官先生,你看,这位小姐来了。我没说谎吧,她刚刚去上洗手间了。"接着,德里克又对着我说,"亲爱的,你回来啦!"

看来又是一桩麻烦事,我又要想办法圆谎了。我边回答"是啊",上前略作寒暄,然后就钻进了德里克的车子里,坐在他旁边。"即使有急事,也不可以把车停在这里。"警察说完后用手摸摸他的络腮胡。德里克如释重负,顽皮地向警官行了个礼,然后发动车子,疾驰而去。

车子下了坡,然后向右转,一直在路上飞奔。一路上德里克都默不作声,我以为他要开到车站,送我回去,谁知他一直沿着达切特路往前开。终于听到他唉地叹了一声,似乎松了一口气:"今天真是太倒霉了,万一上了明天的报纸,我们可就成了众人茶余饭后的笑柄了,我更别想去牛津上大学了。"

"是啊,吓死我了!"我惊魂未定,声音中充满了恐惧和颤抖。德里克不由得侧过脸来瞄了我一眼,然后故作轻松地安慰我说:"别想那么多了,就把它当作爱情的考验。"他看起来轻松自在,似乎又恢复了往日的样子,而我仍处于惊恐之中。"今晚实在太遗憾了,"他充满遗憾地说,"我们正在兴头上呢,真是扫兴啊。"说完后,他看了我一眼,过了一会儿,他又说,"对了,离火车开车的时间还有一小时,我们去河岸走走怎么样?那儿是温莎有名的情侣区,绝对没有人打扰。今晚实在是太可惜了,正在最紧要的关头却泡了汤,白白浪费了我那么多的时间和精力!"

他这话应该是指他兴冲冲跑出去买回来安全套,但是却没派上用场。我没想到他会这样说,吃了一惊,然后赶紧说:"还是算了吧,今晚就这样吧,德里克。你知道我现在的心情有多糟糕吗?"

德里克迅速转过头来:"这是什么意思?难道说,你到现在还在想电影院的那些事吗?"

"不是那个意思。我的意思是一切太突然、太吓人了,我现在觉得很羞愧。"

"这算什么事呀!"他不屑地说,"反正刚才的一切都已经过去了,别担心了,宝贝儿,放轻松点。"

又是这种满不在乎、不痛不痒的话!我现在最需要的是安慰,只希望他能紧紧地拥抱着我,告诉我他依旧很爱我。只要他依然爱我,今晚受到的一切屈辱都不重要了。可是现在听他的口气,好像又有从头再来的意思,我的双腿又开始颤抖了,我感觉有点崩溃,但是又不想让他知道,只好用手紧紧抱住膝盖,尽量使自己镇定下来,有气无力地说:"实在是对不起。"

"没关系,宝贝儿。"他潇洒地说。

过了一道桥后,德里克把车子停在路旁,下了车,翻过栅栏,然后伸出手帮我也翻过去。我们来到栅栏内的一块空地上,他揽住我的腰,沿着河岸的纤道,走到前方的柳树下。河岸停泊了几艘有船舱的小船,看到这些船后,德里克说道:"我想租一艘这样的船。如果现在没人,也许我们可以偷偷溜进去,说不定会有豪华的双人床、美食、美酒,等着我们去享用呢。"

"不要,德里克,绝对不可以,我们刚才闹出的乱子还不够吗?"说完这话,我才惊觉自己的声音非常大,估计会让德里克很挂不住面子,但是我真的很害怕耳边突然响起:"你们在搞什

The spy who loved me

么鬼？你们这两个浑蛋真把这船当成自己的啦？还不快给我滚下来,让我看看你们长什么样子!"

德里克朝我一笑:"你说得没错,我不去了。这里的草坪挺松软的,我们干脆找块合适的地方,一起躺下来数星星吧,做点真正的恋人才会做的事。"

"好吧! 不过,你要温柔一点,别弄痛了我。"听了这话,德里克眼睛一亮,紧紧地把我搂入怀中,兴奋地说:"不会的,你等下就知道了。"

我现在感觉好多了,体力都差不多恢复了。明月高挂,银光泻了一地,我和他漫步在河岸上,心情渐渐明朗起来。走着走着,前面出现了一丛树林,我感到微微的不安,他一定会把我带到那儿去。我暗暗告诫自己,千万要镇静,不要再失去理智,把事情搞砸了。

我们又走了一段路,终于来到树林的前面。德里克的眼光前后一扫,然后看着我说:"我们进去吧,我走前面帮你开路,你要俯下身去,小心跟着我。"我们小心翼翼地穿过浓密的树丛后,果真看到树丛当中有一小块空旷的草坪,到处散落着废弃香烟盒、可口可乐罐,看来其他的情侣也常来这里。一些草也被踏得倒在地上,看来一定有成千上万对恋人,曾在这里翻云覆雨过。我知道现在已经无法回头了,只能既来之,则安之。既然其他情侣都曾在这里巫山云雨,可见这地方还是很合适的。

德里克性急地脱去了上衣,把它铺在地上,然后像一匹饥饿的野狼一样向我扑过来。我很想配合他,可是由于刚才发生的一切,我的神经紧绷,整个身体无法放松,手脚也硬邦邦的,像个木头一样。如果这时他能向我说些甜言蜜语,我应该会没有那么紧张。可是他已冲动得失去了理智,动作粗鲁,双手不停地揉捏着我,就像摆弄一个软弱无力的洋娃娃似的。"只有纸做的洋娃娃才是我的东西,完全属于我。"远处突然飘来这两句"墨迹斑斑"乐队的歌词,伴着优美动听的吉他声,就如荷碧·琼丝那富有节奏的深沉歌喉和比尔·肯尼那甜美的女高音,这声音是如此的甜美动听,深深拨动了我心底最深处的琴弦。我心一酸,眼泪夺眶而出。啊,上帝啊!我的将来会是什么样的呢?正在恍惚间,一阵尖锐的痛楚传遍全身,我咬紧牙关,强忍住痛苦的呻吟,一回头才发现德里克已经粗鲁地把我推在地上,压在我身上了。他的胸脯紧贴着我的胸口,心脏怦怦怦地直跳,不知不觉中,我的手臂已经紧紧抱着他,手触摸到他的衬衫,已被汗水湿透了。

好像过了一个世纪般,我看到皎洁的月光隐隐约约地透过浓密的树枝,盈盈的月光泻了一地,似乎安慰我不要再哭泣了似的。他终于进入我体内了,如果时光可以倒流,我希望这一刻从未发生,毫无传说中的快感,只有无法言说的痛苦。我把

The spy who loved me

他抱得更紧了,从此以后,他属于我,我也属于他,他会拼尽一切照顾好我。在这个世界上,我再也不会孤独,再也不会和他分开了。

我情不自禁地流下了泪水,德里克紧压着我,一边吻我的脸颊,一边抱紧我的腰。然后,时光如静止一般,我把裙子放下,他伸出手把我拉起来,他看着我,眼里有一丝尴尬:"我没有弄痛你吧?"

"还好,只要你满足就好了。"

"嗯,我是很满足。"

然后,他弯下腰身拾起地上的衣服,看了看手表:"糟糕,离火车开车的时间只有十五分钟了,我们得快一点,不然就赶不上了。"我们连忙从原路返回。我一边走,一边梳好头发,又拍拍裙上的灰尘。德里克则默默走在我旁边,一言不发。月光下,他的脸看起来冷冰冰的,我伸手挽住他的手臂,他也没有任何回应。我真希望他能体贴热情一些,说一些下次约会的事,可是他满脸的冷漠,好像我是陌生人似的。难道说男人达到目的后,他们的态度就会一百八十度地大转弯,由热变冷吗?还是我做错了什么事情?我不禁自责起来,以为是自己做得还不够好,我忍不住低泣起来。

我们终于回到停车的地方,一路沉默开车直奔车站。到了车站门口,我要他停车。在昏暗朦胧的灯光里,他的脸紧绷着,试图避开我的眼光,看起来非常严肃。我说:"别送了,我自己会坐车。下星期六怎么安排?是我到牛津看你,还是先等你安顿好后,再通知我过去?"

他迟疑地说:"薇薇,等我在牛津安顿好一切后,我到时候看情况,反正我会写信跟你保持联系的。"

我觉得这都是借口,我狐疑地紧盯着他,试图从他脸上发现任何蛛丝马迹。我感到他这次的态度完全大变,和以往不一样,难道是因为太疲劳的缘故?因为我自己也觉得很累了,于是我说:"好吧,我等你的信。不过要记得早点写给我,告诉我你回去之后的情形哦。"说完,我踮起脚尖在他唇上吻了一下。他的唇冷冰冰的,没有任何回应。

他点点头,勉强挤出一丝笑容,说:"那你照顾好自己,以后我们再约咯,薇薇。"然后就转过身,很快消失在拐角处。

两个星期后,我才收到德里克姗姗来迟的回信。在这段时间,我连续寄出了两封信,但都毫无回音。后来我终于按捺不住,打电话给他,但是每次接电话的人总是说:"你等一下,我进去看看。"然后很快回来告诉我说:"他不在。"

他信中的第一句是这样的:"亲爱的薇薇,虽然这封信对我来说很难下笔,但我还是不得不告诉你。"当看到这里,我直觉不妙,赶快奔回自己的房间,把门锁好,坐在床沿上,鼓起勇气继续看下去。他接着写道："今年暑假,我们俩在一起玩得很开心,我一辈子都不会忘记你。但是,回去之后,一切都发生了很大的变化,我有很多事情要处理,实在无法分心和女孩子约会了。我已和父母商量过我们的事情,可是遭到他们强烈地反对,而且还责备我,如果没有打算结婚就不要继续浪费女孩子的宝贵青春。不得不说,我的双亲都是很古板保守的人,他们对外国人有着很深的成见。我一直把你当作普通的英国女孩看待,从来没有歧视过你,反而更喜欢你那加拿大腔的英语。现在,我父母让我和邻近的一位小姐结婚。我一直瞒住你没说,是因为不想伤害你。事实上,我跟那位小姐的感情很深了,我们已经打算订婚了。我非常怀念和你在一起的甜蜜时光,我会一辈子记在心里。你是一个很好的女孩,希望将来可以找到更好的男人。"最后,他写道,"希望有朝一日我们可以再见一面。为了纪念我们的初次相见,我特别邮寄了一打上好的香槟酒给你。薇薇,希望你看完这封信后,不要太伤心难过。我真的觉得能和你这种最美好的女孩交往,真是三生有幸。我真的很爱你,我永远都不会忘记那些无数个快乐的回忆……德里克敬上。"

我实在不敢相信自己看到的一切,短短的十分钟时间,我从天堂坠入地狱。这个打击是如此沉重,我足足花了半年的时间才从伤痛中恢复过来。人生在世,谁也离不开一个"情"字,大家的感情伤痛都大同小异,我不想一直自怨自艾下去,我甚至到现在都还没有向苏珊透露任何风声。现在回想起来,在我们第一次见面的那个晚上,我喝得醉醺醺的,让他觉得我是个行为放荡的女人,所以才会动了心思来玩弄我。英国是个保守古板的国家,我这个加拿大人,一个外国人,可以说是他们玩弄的好对象。我竟然被爱情冲昏了头脑,蒙蔽了眼睛,没有看清楚这一点,都是我自己活该!我已经不再是年幼无知的小孩了,如果我不能吃一堑长一智,以后只会被伤害得更惨。我很想冷静地思考整件事的来龙去脉,可是一想到伤心处,又忍不住放声大哭起来。一整夜,我都哭个不停,辗转难眠,只得起身跪在圣母像前,祈求把德里克还给我。我知道这是不可能实现的事情,而且我的骄傲也不允许自己祈求他回心转意。于是,我只给他回了封简单的信,说来信已收悉,香槟我会退回。曾经以为这样美好热情的夏天会永远持续下去,但是一切都已经结束了。只留下了墨迹斑斑乐队的歌曲,还有温莎电影院那次噩梦般的回忆,这一切都时时刻刻地刺激我心中的伤痕。我知道,这一切将永远封存在我的内心深处,成为一辈子的烙印。

虽然情场失意了,但我却在事业方面迎来了不错的发展。通过一位朋友的介绍,我进了一家叫作切尔西·克拉里昂的报社工作。这是一家装修得富丽堂皇的报社,专门报道地方性新闻,有大篇幅的广告栏,譬如租房广告、招聘广告等等。报道内

The spy who loved me

容五花八门,其中有一个版面整版都是关于切尔西的大小事,包括某条路的路灯不够亮、某公车的班次太少、专偷牛乳的小偷,以及当地家庭主妇的各种新动态等,内容虽然八卦丰富,但是不会无中生有,捏造诽谤。此外,还有专门针砭时弊的社论,笔锋犀利,具有相当的政治色彩。报纸的排版也非常新颖独到,一个星期出一版(周刊),用活字印刷。虽然不是什么大报,但是在地方上还是很受欢迎的。所有的工作人员也兢兢业业,即使在8月或圣诞节前后的广告淡季,津贴减少甚至没有,大家仍然任劳任怨,一心一意地工作。我的薪水开始每周是五英镑,但如果我能拉到广告,就可以抽一点提成。

我很快地投入到工作中去了,借由忙碌的工作,忘却那段伤心的往事。另一方面,我时时刻刻提醒自己,不要再轻易爱上另外一个男人,掏心掏肺地再犯同样的错误。我工作得很卖力,我要让那些妄自尊大的英国人知道我这个加拿大女孩的头脑和魄力一点不比他们差。我发誓,我一定要做出成绩,让他们另眼相看。所以在这期间,我白天埋头苦干,干劲十足,只有在晚上拖着疲惫的身子回到我的小屋,夜深人静的时候才会哭泣。在公司里,我什么事情都做,态度非常认真谦逊,我会帮同事斟茶倒水,也会参加葬礼,准备送葬者的清单等。我还试着为八卦栏写一些小文章,然后拿去投稿,有时候还会帮忙检查纵横填字游戏的线索。一有时间,我就马上去附近的餐厅、酒店、商场招揽广告,凭借我的三寸不烂之舌,终于使一些吝啬的老板肯出钱刊登广告,我也从中抽到百分之二十五的提成。在我的努力下,我的收入已达到每周十二到二十英镑,就连总编也对我刮目相看。但是为了公司利益着想,他不让我从广告费中抽提成,直接付我每周十五英镑的固定薪金,还提升我为总编助理,在他办公室旁的一个小隔间里办公。但是有一次,那位总编辑眼看四下无人,突然用手拍了一下我的屁股。我愤怒地警告他说,我已有未婚夫了,现在人在加拿大。我的表情非常严肃,从此以后,他再不敢对我动手动脚了。不过,说实话,这位总编还是有许多可取之处,从那时起我们在工作上配合得很好。他的名字叫伦恩·霍布鲁克,以前曾在另一家报社做记者,后来存了点钱,就自己出来单干,想办一家有规模的大报社。他是威尔士人,典型的理想主义者。不过后来他发觉以他现在的实力,是无法一步登天的,于是他先从切尔西开始创业,把一家濒临破产的报社买下来,开始慢慢经营。幸好他在市议会和当地工党组织里有些熟人,因此时常能得到一些独家秘闻。例如不久前,一家建筑商承包了市议会的一座新楼,但偷工减料,只用水泥。这事经报社披露后,全市哗然,那建造商还不认账,指控该报道歪曲事实,构成诽谤,要求报社赔偿一切名誉损失。也许是天意,那幢大楼的支柱很快就出现了裂缝,报社赶紧把有裂痕的柱子的照片登出来。建造商因此被取消了

The spy who loved me

承包合同和施工权利。从此,克拉里昂报社声名远播,业务蒸蒸日上,报头是霸气的圣乔治和龙的图案。短短的时间内,订阅报纸的人越来越多,发行量一度达到四万份,别家报社时常偷偷派人取经。

后来我对总编助理这个新工作越来越得心应手,总编给了我越来越多的实际写稿机会,不用像以前那样老是做些琐碎的跑腿活。一年后,我越来越多的文章见诸报端,"薇薇安·米歇尔"这个名字已被越来越多的读者熟知。与此相应的是,我的薪水也水涨船高,从每周十五英镑涨到二十英镑。总编对我的工作表现非常满意,他看到我很愿意接受新事物,于是耐心地教我如何写稿。他教我怎样用醒目的导语来吸引读者,怎样用简洁的文字,一针见血地描述出一件事情。听说这些是早年他当记者时别人教他的,现在他又毫不保留地教给了我。例如,他对 11 路及 22 路公交车的司机服务很不满意,那些司机常常很快就开走,他时常要追着公交车跑。对于这种情况,我写道:"11 路售票员抱怨因高峰时间载客量过大,时常体力不支。"看了这段话之后,他用铅笔指着这段话说:"要注重人!你一定要把人写出来。所以你应该改成:法兰克·唐纳森,一名精力充沛的二十七岁男人,太太格雷西,两人育有六岁的儿子比尔和五岁的女儿艾米丽。本是幸福美满的四口之家,但是从放暑假到现在,男主人从来没机会见到孩子。在他家中干净整洁的小客厅里,他说:'每次我回到家时,孩子们都睡了。我是11路公交车的售票员,自从实行了新的行车表后,我每天都比以往晚一个钟头才回到家。'"说到这里后,伦恩停顿了一下,然后接着说,"你明白我的意思吗?公交车是人开的,读者对人的兴趣,远超过对公交车的兴趣。你现在就可以去拜访那位法兰克·唐纳森先生,去了解详细情况,然后写出一份精彩的报道。"任何单调乏味的题材,在我们新闻记者的妙笔之下,都可以把它改得生动活泼。当然,我很虚心好学,没过多久就得到了一些读者的支持,读者来信如雪片般飞来。总编因此非常兴奋,他认为读者的来信越多,说明越多的人阅读我们的报纸。

转眼间,我在这家报社已工作了两年,而且已经小有成就。当我二十一岁时,《国民新闻》《邮送日刊》,还有其他一些大报社都向我抛出了橄榄枝。我觉得自己已学会了不少东西,是时候离开这儿,到更广阔的天地大展拳脚了。当时,我还是和苏珊同住一室。苏珊在外交部联络室找到了一份工作,我真没想到她早已和一个同事恋爱好久,马上就要订婚了,但她却一直没向我透露只言片语,她的保密功夫真是做到家了。订婚后,她想独住一间屋,这样比较方便。反观我呢,感情方面仍是一片空白,都是些普通朋友之间的交往。我似乎越来越像一个工作狂,一个取得了小小成绩的职业女性,生活却刻板单调。每天都抽很多香烟,喝很多伏特加,一日三餐也总是独自一人,开

The spy who loved me

个罐头就当作一顿饭。但是,我把全部心思都寄托在事业上,我最崇拜的人就是像德普西拉·贝菲丝、维罗妮卡·帕普沃斯等顶尖的女性同行。我希望,自己有朝一日可以像她们一样出类拔萃,受人尊敬。

而在那时候,我没想到会在德国慕尼黑举行的巴洛克服装的媒体发布会上,与库尔特·雷纳不期而遇。

第五章　折翼之鸟

雨还在稀里哗啦地下着。早上八点的新闻仍在报道这场暴风雨造成的各种灾难：9号公路发生了多起车祸，斯克内克塔迪的铁路被水淹没，特洛伊的交通完全瘫痪了。气象局还说，这场大雨可能还会持续数小时。只要你生活在美国，你往往会发现，一场突如其来的暴风雨、暴雪或台风，会使所有的事情陷入混乱。美国是个相当发达的工业社会，汽车的作用举足轻重，所以一旦汽车无法开动，生活顿时会陷入停滞。一旦事情无法按照计划如期进行，美国人会非常痛苦，感觉到很挫败。车站里会人头攒动，人们拼命拨打长途电话，问候亲人的安危。有收音机的，会一直打开收音机，期望能收听到一点好的消息。

The spy who loved me

我能想象到各条路和各大城市现在有多混乱不堪,只有我一个人,仿佛置身事外,孤独地坐在椅子里,沉湎在过去的回忆中不可自拔。

酒快喝光了,我又加了些冰块,然后,又掏出烟来点着了一支。重新舒服地坐回椅子里,收听着收音机正在播放的三十分钟迪克西兰爵士乐。

库尔特最不喜欢听爵士乐了,他总觉得爵士乐太颓废、太伤感。而且他也总是劝我不要抽烟、不要喝酒、不要抹口红,要多参观一些美术馆,或参加各种音乐会、演奏会等,来陶冶性情。我过去的生活在精神方面一直很苍白,虽然他的这些建议都属于严肃的内容,但是确实值得考虑。可以说,德国人严肃、认真的生活方式在某些方面与我们加拿大人有着异曲同工之妙。

库尔特·雷纳是西德沃班德报社驻伦敦的首席代表。我认识他的时候,他正在英国寻找一位能帮他处理事务的助理。这位助理需要从英国的报纸、杂志找出德国人感兴趣的消息,然后邮寄回德国。而且还可以独当一面,独自处理一些高级别的外交事务,以及外访报道。那天晚上,他带我到位于夏洛特街的一家德国饭店共进晚餐。我非常欣赏他对工作的认真态度,他把自己这份工作的重要性,以及对促进英德两国的交流的贡献,都详细告诉了我。光从外表看,他像个运动员,体形健壮,拥有一头闪闪发亮的金色头发,还有一双湛蓝的眼睛,看起来比实际年龄(三十岁)小。他告诉我,他出生于慕尼黑附近的奥格斯堡市,父母都是医生,家里只有他一个孩子。二战时,他的父母因偷听盟军的广播,而且因阻止小库尔特参加希特勒青年运动,而被人告发,被关在集中营里,后来被美国盟军救出。他的高中和大学都是在慕尼黑完成的。毕业后,他就职于西德一流报社《世界报》,后来因为英文流利,被派到伦敦。他又问我现在正在做什么,我就把手头上的一些稿件让他看了一下。次日,我又带了自己创作的原稿来到他位于詹斯瑞小巷的办公室找他,让他看下我创作的稿件。他这人做事非常谨慎周密,还没等我开口,他就说他已通过通讯社的朋友,把我的底细查得一清二楚了。就这样,一星期后,我就走马上任,担任他的私人助理,办公室就在他的隔壁,每天负责处理从路透社发来的电报。而且,他给的薪水非常优渥,一周高达三十英镑,更何况我也很喜欢这份工作的性质,而且与位于汉堡的总公司常有电报来往。每天早晨和傍晚,我把从英国收集来的消息发到德国,赶上各报社的出刊时间。虽然我只会英文,对德文一窍不通,但是这并不妨碍工作,因为库尔特会直接用德文电话告知德国总部写出来的原稿。我发去的电报都用英文,到了总部后,会有人翻译成德文。久而久之,汉堡的总机值班员一听到我的声音,就会用英文和我交谈,他的英文很不错,交流起来完全没有问题。虽然这份工作很机械化,但要求的是正确和速度。每次我送去稿件后都要等个一两天,然后总机会把我的文章从德国报纸上剪下来,送到我这儿。因此,每次我把原稿送出去后,就抱着复杂的心情等待稿件是否被采用。不久,库尔特已经完全信赖我,认为我可以独当一面了。他会将一些紧急事件交由我单独去处理。一想到德国有将近二十位编辑在等着我的消息,我心里就既紧张又兴奋。对比之前在克拉里昂社的那些芝麻小事,我在这里的工作更复杂多变,我很积极地完成库尔特的指示和要求。这种忙碌的通讯社工作让我觉得很充实开心。

不久苏珊结婚了。为了更方便地工作,我搬到了库尔特在布鲁姆斯伯里广场附近的一栋设备齐全的公寓里去了。我们虽同住一套公寓,但并不同房。他是个非常规矩的人,我们的关系也仅止于同事关系。对于他,我尽可能保持一定距离。有了上一次的教训,我不会再一次犯傻,重蹈覆辙了。这里离我们办公室很近,下班的时候,我们会一起回去,甚至一起吃饭。为了节省开支,我把他的唱机搬到我屋里来,有时候我会在家自己做晚餐。有时我会扪心自问,我们现在这样是不是太危险了?顾虑到这一点,偶尔我就借口说约了朋友,不跟他一起吃饭了。这期间,有些男人想动我的脑筋,但是我总是没有感觉,全都推辞了。库尔特是个循规蹈矩的人,我们之间一直保持着君子之交，井水不犯河水，我们的相处方式互尊互敬，这样的平静日子维持了三个月。有一天，库尔特从德国出差回来，告诉我他订婚了。他说他的未婚妻名叫特露德，是他青梅竹马的玩伴。通过他的描述，我觉得他们就是天生一对的佳偶。这女孩的父亲是海德尔堡大学的哲学教授。从她的照片来看，她长得眉清目秀，有一双漂亮的大眼睛，头发梳得光滑整齐，穿了一件紧身连衣裙，打扮时髦。整体看来，是一位温婉大方，但又不失时尚性感的女孩。

　　库尔特会巨细靡遗地告诉我他和特露德之间的事，甚至拿出特露德写的信给我看，怕我看不懂德文，又解释给我听，还和我讨论婚后要生几个孩子的问题。他说他打算在伦敦好好干上三年，要省吃俭用，存钱结婚，然后返回汉堡买一套漂亮的公寓，好好地装修，他还询问我对房子装修的意见。诸如此类的问题，他都和我商量，要我提供意见。而我也好像把自己当成了他的老妈子似的，替他们操心这个，操心那个。就连婚后的夫妻生活，库尔特都做了周密的计划，他拿出来跟我商量，要我提供意见。我在这方面实在孤陋寡闻，反而他在这方面比我了解得更透彻，说得头头是道。蜜月旅行他打算去威尼斯（德国人蜜月旅行几乎都要到威尼斯，好像全世界只有威尼斯才有资格担当蜜月胜地似的）。他打算在蜜月期间尽情享受快乐的夫妻生活。库尔特认为这些都是需要技巧的，需要经常练习，才会熟能生巧。他还说晚餐不能吃得太饱,那样会影响动作的敏捷度,而且晚上十一点以前就要上床睡觉,一定要睡足八小时,这样才能有充沛的精力和体力。他又半开玩笑地说,特露德还是一朵羞答答含苞待放的花蕾,而他则是个技巧熟练的热情男人。他说了一大堆,总之就是说,夫妻需要在同一时刻达到高潮,都尝到飘飘欲仙的愉悦感受,这样的婚姻才会美满长久。蜜月结束回来后,他计划每个星期三、星期六才和特露德同房,因为如果不加以节制,他恐怕会体力不支,降低了质量。他讲得头头是道,还用了大量专业术语,怕我不明白,还用叉子在桌布上画了些图,图文并茂地向我解释。

听完库尔特讲的这些道理,我觉得他绝对是一个非常合格的恋人,我承认我对他描述的那些技巧有点心驰神往了。想到这里,我不由得羡慕起特露德的好运来,只有她才能真切领会到那种精心准备的快乐。我多么希望在一个甜美的夜晚,也有一个像库尔特那么棒的情人出现在我的身旁,就像库尔特所说的"顶级小提琴家"。真希望有这么一位"小提琴家",能把我柔软的身子,当作小提琴般弹奏得出神入化。当然,这一切都只是我的痴心妄想。不过,令人难以启齿的是每次在我梦中出现的人,竟然都是库尔特,梦中的他是如此的体贴、温柔,这实在是太不可思议了!

几个月之后,特露德的来信越来越少,来信语气也发生了改变。我很早就察觉到了这一点，但一直没有点破。特露德开始经常埋怨等待库尔特来信的时间太长，而且她的语气也没有以前那样甜蜜亲切。有一次，特露德在信中说她在暑假去特格尔恩湖游玩时，遇见了一群很好玩的朋友，我总觉得她好像在暗示着什么，不过她就只提过这一次。这之后，差不多有三个星期，她都没有来一封信。一天晚上，库尔特突然走进我屋里，脸色苍白，眼眶湿漉漉的，看起来垂头丧气。当时，我正躺在沙发上看书，他一进门就跪倒在我身边，满脸泪水，一边啜泣，一边说："完了，一切都完了。"我吓了一大跳，急忙紧搂住他问发生了什么事。他不停抽噎着说，他的未婚妻在德国另结新欢了。那个男人在慕尼黑做医生，结过婚，但太太早逝，他们一见钟情，如今她已接受他的求婚。库尔特要明白现在一切都为时已晚了，特露德已经心有所属，他必须原谅她，并忘记她。特露德根本配不上他，她不值得他为她煞费苦心（事实上，这种感觉时常会冒入我的脑中）。最后，特露德在信上说，她希望与库尔特保持普通朋友关系，她的婚礼将于下个月举行，她希望能够得到库尔特的祝福，信上的署名是"悲伤的特露德"。

库尔特就像一个溺水的人一样，紧紧地抱着我，他低声抽泣着说："唉，一切都完了，我现在只有你了。"他停顿了一下说，"我需要你的安慰。"

看到这个一向自信坚强的大男人，忽然间像孩子般软弱，

The spy who loved me

如此依赖我,我不由得心生爱怜,像母亲安慰自己的婴儿一般,轻轻抚摸着他的头发。我尽量让自己的声音不带感情,冷静地说:"库尔特,别伤心了,天涯何处无芳草,像你这么优秀的人,多的是女孩子来爱你。我相信在德国,一定有比特露德好几百倍的女孩子在等着你呢。"我挣扎着坐起来,接着安慰他说:"好了,别再多想了。我们出去好好吃个饭,然后看场电影。现在已经是覆水难收,已成定局,你伤心难过也没有任何用处。好了,我们出去吧!"终于他放开我了,我赶快大口大口喘着气,我们一起站了起来。

库尔特愧得低下头来,说道:"薇薇,你对我真好,你真是我的好朋友。你说得对,我不应该继续懦弱下去,否则到时候你也看不起我了,这可不是我想看到的。"估计他自己也想开了,说到这里,对我勉强挤出一个笑容,径自向门口走去。

令人不可思议的是,这件事后,我们的感情在短短两个星期内进展神速,由普通朋友上升到恋人。这确实是有点不可思议,我自己也迷迷糊糊,好像这本来就是命中注定的事。回想刚开始时,我们都把对方当作同事看待,由于工作关系,我们同进同出,后来就越来越亲密了,这种转变是逐渐发展的。开始时,他把我当作自己妹妹似的,只吻我的脸颊,后来开始吻我的嘴唇,再后来他的手就不老实起来,直侵我的胸脯,接着又想继续下去。就这样一步一步地,我们的关系开始由同事转为了情侣。有一天晚上,他来到我的房间,对我说:"你的身材太棒了,让我看一看好不好?"听了他的话,我有点抗拒,但是只是一些无力、软弱的抗拒。现在,他就像他之前提过的"顶级小提琴家"一样,向我施展精心准备的高超技巧。在我这间隐私性极高的小屋子里,我不用担心突然会有人闯进来,可以尽情地享受爱情的滋润。他的一举一动,是如此令人安心舒适;他的一举一动饱含浓情蜜意,是如此令人放心信任。库尔特似乎很懂得女性的需要,他的激情狂放,他的温柔体贴,所有的一切都令人神魂颠倒。每次完事后,我都会整理好激情过后的被褥,插一朵花,缓和一下情绪。库尔特就像有着精妙高超医术的世界一流外科医生一般,给了我难以忘记的蚀骨销魂的激情。而我则像是一只时刻渴求人爱怜的小猫,等待着他的怜爱。

我一直认为,除了娼妓,对于一般女人而言,如果对这个男人没有感情,是不会享受与他之间的肉体的亲密行为的。男女之间,只要经历了肉体的亲密行为,就等于已走过了恋爱的大半路程。随后,女人会对男人死心塌地,就如同男人的附属物一般。不得不说,虽然我的理智和直觉一直告诉我不要在这段感情里投入太深,但是自从库尔特掳获了我的身子后,无论白天还是黑夜,我无时无刻不想着他。如果失去了他,我的人生没有任何意义,我对他爱得发狂。虽然爱得发狂,但是我一直警告自己要理智一点,这个男人缺乏幽默感,有点冷漠刻板,而且心肠也硬,完全是典型德国人的代表。但是爱情还是战胜了理智,每当楼梯上有脚步声响起,我会仔细听是不是他回来了;每当他紧紧地拥抱我时,我都会沉迷于他温暖的怀抱和坚实有力的臂膀。我会为他做一切力所能及的事情:为他烧可口的饭菜,为他补破洞的衣服,还为他解决工作上的烦恼。这种毫不保留的爱,使我变成了一位典型的德国太太——温柔贤良,亦步亦趋地跟在丈夫后面。虽然有时候我觉得自己好像失去了自我,但是我打心底还是很满意自己的现状,从未想过要做任何改变。虽然有时候,我会有一种想打破循规蹈矩的生活的冲动,想高声喊叫几声,或引吭高歌一番,可冷静下来后,我告诉自己,这种突如其来的冲动,会违反社会公德,毫无女性的温柔,只会表现出内心的混乱和不平衡,库尔特不希望我成为这样的女性。他是一个循规蹈矩的人,做事按部就班,说话不疾不徐,就连什么时候做什么事情都会分配好:每周星期三和星期六,我们共进美味的烛光晚餐,然后上床睡觉。

库尔特厌恶一切违背自然的东西,例如抽烟、喝酒、镇静安眠剂、爵士乐、飙车、节食、同性恋、堕胎、死刑等等。凡是违反人性、违反自然的行为,他都一律反对。对于他厌恶的这些东西,我是没意见的,因为我也是在单纯的环境中长大的,我也不喜欢在喧哗吵闹的酒吧里喝酒,也不喜欢以前的那种抛头露面的记者生涯,更别提与德里克之前那段充满戏剧性的露水情缘。自从跟库尔特在一起后,我的生活似乎又回到了以前的那种单纯中,我们之间的感情也越来越平静稳定。

但是即便如此,意想不到的事情还是发生了。

自从我们住在一起后,库尔特就带我去看一名信得过的女医师,由她向我讲述各种避孕措施,还告诉我要采取什么方法,可她又提醒我说,再好的避孕方法也会百密一疏,要我还是小心注意。不幸的是,还真的被她言中了。起初,我觉得身体不适,可我还自我安慰道,也许是个误会呢,并没向库尔特提起。可后来迹象越来越明显,我不得不告诉他。当时,我还天真地以为,也许库尔特会很高兴我们将有孩子,甚至向我求婚呢。而且,他一定会对我更加体贴入微,嘘寒问暖。虽然我不知道他的最终反应会是什么,但是我想至少他会对我更温柔,还会说一些甜言蜜语等。不管怎样,我终于下定决心告诉他了。那天,当他站在卧室门口准备跟我道别时,我告诉了他。听完我的话后,他拿开我绕在他颈上的手臂,用愤怒又夹杂着轻蔑的眼神看着我,然后,他把手放在门把上,冷冷地说:"所以,你的意思是什么?"丢下这么一句话后,他就甩上门,毫不留恋地走出屋子,只留下一脸错愕、发愣的我。

我走到床边,坐在床沿上,木然地看着墙壁。我做错了什么事,说错了什么话吗?库尔特刚才的行为,到底是什么意思呢?我有种强烈的不祥预感,我不知道自己是否还可以再承受一次打击。我不停地胡思乱想,虚弱地钻进被子里,带着满脸的泪水,就这么哭着睡着了。

看来我的预感是真的。第二天早上,我习惯性地敲他的房门,叫他一起上班,没想到他早已走了。到办公室后,我发现连接我们两个人的办公室的那扇门已紧紧地关上。大约十五分钟之后,他打开门,走过来说:"你进来一下,我有事和你商量。"他一脸冰霜,面无表情,好像我是陌生人一样。进去后,他让我坐在对面,中间隔着桌子,活像上司面试下属或开除下属一般。

他一副公事公办的面孔,声音冰冷不带一丝感情地说出了难以启齿的事:"我们一直都相处得很融洽,也确实度过了一段非常开心的日子。但是,天下没有不散的筵席,我们要好聚好散。我们一直都是好朋友(他用了"一直都是好朋友"这样的措辞),所以好朋友就只是好朋友,不会到谈婚论嫁的程度,也不应该有其他长久关系的约束。本来我们可以快快乐乐,但是由于当事人中一人的错误(好像专指我一人),造成了今天这种令双方尴尬的棘手局面,所以,我们要马上想办法解决这个问题,否则它有可能影响到我们今后的生活。而且,我没有考虑过跟你结婚的问题(原来,他看中的只不过是我美好的胴体和漂亮的脸蛋),这是因为就同我的祖祖辈辈一样,我无法接受混血儿,所以我结婚的对象肯定还是德国血统的小姐。非常遗憾我们不能有情人终成眷属,不过现在最要紧的,就是让你尽快接受必要的手术，否则，怀孕超过三个月后会更难处理。所以，你要赶快坐飞机到苏黎世，找一家旅馆住下来，然后再向酒店礼宾部打听一下医生的名字。在苏黎世，有很多医术高明的医生，只要你向医生好好咨询，他一定会理解你的处境。那里的医生都很友善，他会主动帮你检查身体情况，检查你是否存在高血压或低血压的情况，以及你的身体状况是否可以承受手术的伤害，等等。接着你就去拜访这位妇产科医生，在有关文件上签字。等他把病房安排好后，你在一个星期内就可以接受手术。这种手术在瑞士并不违法，甚至不需要检查你的护照，你也可以随便捏造一个名字，当然，一定是什么太太才行。不过，那边的手术费用昂贵，听说要一百到一百五十英镑。关于钱的问题，你也不用担心，我已经准备好了。"说着，他打开抽屉，递给我一个信封，"你在这工作已将近两年，表现也非常出色，这里是一个月的遣散费，里面有一百二十英镑。"接着他又从自己口袋里掏出五十英镑递给我，"这里有五十英镑，够你买飞机票以及其他零星花费。为免去汇兑麻烦，我已经将所有的钱换成了德国现钞。"

说完这些后，他脸上露出一抹得意的笑容，似乎觉得自己非常能干慷慨似的。但是当看到我一脸嫌恶的表情后，他有点慌乱了，赶快说了一些无关痛痒的安慰的话，劝我不要担心。他还说，人生不如意十有八九，一切都会好转的。然后他又说，

The spy who loved me

虽然过去他交了很多朋友,可从来没有像和我在一起这么快乐过。现在要分手了,他就忍不住悲从中来。最后,他说他希望我能原谅他,理解他现在的心情。

我一直默不作声,点点头表示明白他的意思,然后站起来,拿起信封放到口袋里去,最后看了一眼这个我曾深爱过的人,他的金黄色的头发、温柔的嘴唇,以及健壮的臂膀。感觉到眼眶已经湿润,泪水要滑下来了,我赶快夺门而出,回到自己的办公室。

在遇见库尔特之前,我就已经是失去一只翅膀的鸟了,现在,就连剩下的另一只也被折断了。

第六章　西行漫记

等一切尘埃落定后,已经是8月底了。对我而言,苏黎世是一个陌生的城市,没有任何亲切感,但是不可否认,它充满了活力,或多或少也感染了我。清澈的湖水清如明镜,碎冰片片,湖面上帆影点点,倒映着滑雪的男男女女,一片生机勃勃。湖边有一个大众浴场,放眼望去,满是金发碧眼的人在晒日光浴。庄重的班霍夫广场和班霍夫大街都是苏黎世的骄傲,聚集了一群背着帆布包来登山的活力四射的年轻人,充满青春活力。眼前这一片祥和、井然有序的欢乐气氛刺痛了我的神经,让我这颗伤痕累累的心充满了苦楚和恼怒。这就是库尔特眼中的人生——人与自然和谐相处的人生。过去和他在一起时,表面上

The spy who loved me

看起来似乎很和谐,可现在回想起来,我才发觉他那柔软的金发、清澈的眼睛、健康的古铜色皮肤,不过都是他丑陋内心的掩饰而已,他戴了一副比女人的妆容更浓更厚的假面具。他就是一个彻头彻尾的卑鄙伪君子。回想往事,想到德里克的世故圆滑、库尔特的卑鄙虚伪,实在令我厌恶不已。可以说,现在的我已经对男性心灰意冷了。虽然,我一开始并非对库尔特或德里克抱着结婚的念头,但是我不过是期待他们能够像个绅士一样对我温柔体贴罢了,就像我对他们那样体贴和善解人意。现在我明白问题就出在这里,我太温顺、太随和了,以至于他们认为我没有脾气、没有主见,可以随心所欲地对待我。我不愿再回想下去了,噩梦就此结束了。从此以后,面对男人,我不会再傻傻付出、任人践踏了,我要只获得而不付出,这是我新的人生哲学。从今以后,我要学会以牙还牙,以针尖对麦芒。从今以后,我——一名来自加拿大的小姐,不会再软弱哭泣,而是要把头高高昂起,挺起胸脯,绝对不会再让那些男人随意欺负。

坦白说,这次的事给了我一个深刻的教训。以后,我不会再让人玩弄于股掌中了,我一定要有主见。

旅馆的服务生用似乎洞悉一切的眼神看着我,然后告诉我说旅馆医生正在休假,但是他可以介绍另一位同样有资质的医生给我(看样子他已猜到了我的一切)。那位萨斯坎德医生仔细打量了我一番后,开门见山地问我现钞够不够,然后我联络了他介绍的妇产科医生。那个妇产科医生更是一副盛气凌人的样子,他自己兼营一家瑞士农舍,看我孤身一人住在旅馆里,就直接说,在苏黎世住旅馆的花费是很昂贵的,我最好在动手术前,搬到他经营的农舍去休养。听他这么一说,我就挺起胸脯,口气坚定地说:"关于我住的地方,不劳烦您操心了,因为我叔父是这里的领事,他让我搬到他那儿去休养。如果可以的话,我希望能够马上住院动手术。还是我叔父向我推荐的萨斯坎德医生,布伦瑞克医生您应该是认识领事先生的。"他看到我果断凛然的态度,这位戴着眼镜的老医生很快打电话给医院,为我安排了病房。第二天下午,我就住进了医院。

手术进行得很顺利,虽然没什么大的痛苦,身体恢复得很快,但是精神上却备受折磨。三天后,我就出院回到了旅馆。我决定马上搭机返回英国,变卖所有私人财产,付清所有债务,然后搬进伦敦机场附近的一家旅馆。最后,打电话给哈默史密斯街的代理商,约个时间见面谈一下。

我计划独自到世界各处走走,至少花一年多的时间,见见世面。况且,我已经受够伦敦了,在这块土地上,接连遭受两次沉重打击。至今,我仍不明白德里克那复杂老练的世界,以及库尔特那套严谨、科学、冷酷、超现代的爱情观。过去,我太轻信别人了,对男人掏心掏肺,但没想到我碰到的这两个人,都是打着爱情幌子的骗子罢了。只不过是看上了我的肉体。他们

The spy who loved me

用花言巧语来欺骗我的感情,达到目的后,就毫不迟疑地弃我如敝屣了。在这花花世界,初出茅庐的我太天真,所以很容易被人利用。我是个在单纯环境中长大的加拿大人,远不是这些圆滑世故的欧洲人的对手。所以我现在唯一可做的,就是抛掉这些伤痕累累的往事,回到我那单纯的祖国去。我不会傻傻地坐以待毙,过着单调无聊的日子消耗时光,我要去探索新世界,去冒险,充实、丰富自己的生活!等到秋高气爽的天气,我打算从美国北部一直旅行到佛罗里达州,可以一边做一些侍应生、保姆或接待员的工作,一边继续旅行。到达四季如春、气候宜人的佛罗里达后,我可以在那儿找家报社工作,发挥所长。

确立了计划后,我开始着手做准备。忙碌的生活可以让我暂时忘却过去那些伤心往事,似乎给我的意识打了麻醉针,使这些负罪感、羞耻感和挫败感沉睡不醒。

我加入了蓓尔美尔街的美国汽车协会,拿到了需要的地图,又打听了买汽车的事。在美国,二手车的价格还是很贵的,运转费用也很贵,所以我转念一想,何不买辆小轮摩托车呢?虽然只用一辆小小的摩托车就想从美国北部,一直沿着高速公路开到南部,这样的想法有点疯狂。但是一想到如果骑摩托车的话,就可以每天在风中驰骋,而且摩托车耗油少,又不需要车库,行动又方便。试想一下,一个漂亮的女孩骑着摩托车风驰电掣地往前疾驶,这该是一件多酷的事情啊!于是,我就下定决心了，找到了哈默史密斯街的摩托车经销商，一番交涉之后，他答应替我办理一切购买手续。

我对车子方面的事略知一二。在美国北部的孩子，从小就是泡在汽车堆里长大的。125CC 型小型车，外观小巧迷人，而150CC 型摩托车则更结实稳定，行驶迅速，这两款车我都很喜欢，各有千秋，实在难以取舍。两相权衡之下，我选择了速度快的这一款车，它有着强劲的马力，最高时速可达六十公里。虽然那款更小巧的摩托车一加仑汽油可以跑一百公里，而这款只能跑八十公里，但是美国汽油便宜，所以这个不是问题。我现在主要关心的就是速度，因为如果速度不够快，肯定要几个月才能到佛罗里达。经销商挺热心的，告诉我说，如果碰上天气恶劣或身体疲劳时，不妨考虑搭载火车，然后把摩托车放在火车上。他还对我说，如果我在伦敦买，再把摩托车装船运到加拿大，就可以节省三十英镑的购买税，而且十天内就可到达。这样我可以用那笔省下来的钱购买一些零部件和高级附件。我不需要安装这些配件，所以没有考虑他的建议。试车时，我载着经销商在街上跑了两圈。车身非常轻巧，跑起来像飞一样，驾驶起来也很顺手，就跟骑脚踏车似的。因此，我立即决定签署购买合约。这款车有着银光闪闪的车身，前面有漂亮的挡风板，后面有载物台，于是我又买了豹皮制的坐垫、备用轮胎以及豪华的车轮装饰品，车子整体看起来非常豪华酷炫。另外，

The spy who loved me

我又买了一顶白色的安全帽,戴上去看起来神气十足。此外,卖摩托车的人还好心建议我,穿什么类型的衣服才会显得更酷,因此我又去另外一家商店买了一套带有很多拉链的衣服,一副大号的、镜边饰有软软绒毛的防尘镜,一副相当时髦的黑色带花边摩托车专用手套。一切准备就绪后,我觉得劲头十足,随时等待出发似的。随后,我回到酒店打开地图,研究从魁北克出发后第一阶段的路线。确定好路线后,我预订了加拿大航空公司最便宜的机票,又向佛罗伦萨的婶母打了个电报。就这样,在风和日丽的9月1号的清晨,我正式出发上路了。

不知不觉,离开家乡已有六年了,跟所有在外漂泊的游子一样,我有种近乡情更怯的感觉。好久没有见到婶母了,乍见之下,她一下子没有认出我来。当然,对我而言,魁北克何尝不是在一直变化呢?当初离开加拿大时,那些原本看起来雄伟壮观的城堡,毫不客气地说,现在看起来,就像迪斯尼乐园的大型玩具建筑物似的,一点都不起眼。曾经,拼得你死我活的那场宗教战争,现在看起来,就像隔壁邻居发生口角似的,一点都不稀奇。说起来有点惭愧,虽然这里是我土生土长的地方,但是现在看住在这小城里的这些人,我也觉得他们土里土气,而且心胸狭窄,没见过什么世面。在这样单调的环境中成长,我看到的世界太小了,难怪我会在外面那个光怪陆离的花花世界吃亏上当。我甚至觉得,能够在那个花花世界活下来已经是个奇迹了。

当然，我也只是想想而已，不会告诉婶母的。但是当婶母看到我后，她惊讶得目瞪口呆，觉得我的说话口气、举止都和以前截然不同了，行为举止都学会了欧洲人的那一套。她很想知道我在英国的情况，想知道我到底改变了多少，以及在英国生活得怎么样。当然，我只能报喜不报忧，如果告诉她所有事实，她老人家听了一定会昏倒的。她问我的恋爱情况，我不能一口咬定说没有，她是过来人，肯定不会相信的。为了不让她担心，我就随口编一些善意的谎言，说自己对爱情很慎重，非常洁身自好，仍然出淤泥而不染，对于订婚结婚的事情，想都不敢想。不过，我倒是实话实说没有中校或贵族这类型的人向我求婚，我现在就是孤家寡人一个，没有什么男朋友。婶母仔细观察着我的表情，想读出点蛛丝马迹，她虽然有点半信半疑，不过很快露出笑容，说："哦，真是我的乖孩子。"她还说我看起来比以前丰满，也更性感了。看起来她还是不敢相信我没有男朋友的事。的确，我现在已经二十三岁了，仍然单身没有男朋友，确实是一件令人难以置信的事。然后，我又把我的旅行计划告诉了她，她吓了一大跳，告诉我一定要小心，说我一个女孩子在旅途中会碰到各种各样的危险。她还告诉我美国有很多暴徒，我一个人在高速公路上疾驰，很有可能被这些暴徒攻击，然后被按下来强暴。在她的观念里，女孩一定要有女孩的样子，最好不要骑摩托车旅行。最后,她叮嘱我既然非要骑摩托车旅行,一定要注意安全。她看起来非常忧心忡忡,为了打消她的担忧,我就告诉她我买的摩托车性能一流,非常顺手。而且当我去蒙特利尔,车子风驰电掣,返回家时,婶母看到我全副盛装,看起来还挺像一回事的,她才松开紧皱的眉头。不过她仍旧觉得女孩子骑摩托车太引人注目了,我只好装作没听见。

9月15日这一天,我从银行取出为数不多的一千美元存款,兑换成旅行支票,在行李袋里装了几件必要的衣服。辞别婶母后,就骑着摩托车沿着第二公路,向圣罗伦斯前进了。

第二公路从魁北克延伸至南方的蒙特利尔。我一直认为这是条世界上最美丽的路。但是二战后,这条路的两边如雨后春笋般盖了很多别墅,还有很多洗澡小屋,破坏了它原有的静谧与美丽。这条路旁有一条美丽的河,道路紧紧依附着河流的北岸。很久以前,在我很小的时候,时常带了午餐到这路边的河畔来游泳。后来,这里变成了通往圣劳伦斯的通道,每天有大量的船只穿梭在这条河流里,砰砰的引擎声和呜呜的汽笛声不断,一片喧闹嘈杂。

我骑着摩托车以每小时四十公里的速度前进。我准备一天跑一百五十到二百公里,一天平均跑六小时,太久会疲惫不堪。不过也说不定,反正我就一个人,可以随心所欲。如果公路两旁有景色奇特的岔路,我就会转向驰骋在岔路上。只要看到风景迷人或奇特的地方,我都会停下来看看。

加拿大和美国北部有许多地方可供露营,有的是从树林中辟出来的一大片空地,有的则是湖边或河边的草地。而且这些露营地还放置了很多粗制的石头板凳与桌子,在树丛的掩映下,游人既可以享受大自然的乐趣,又很隐秘。天气好时,碰到有这种地方,我就拿出预备好的午餐坐在那儿吃,这样比去路边店里用餐划算太多了,店里的东西太贵。于是,我都是头一天晚上在旅馆做好第二天要吃的火腿蛋三明治,午餐都是千篇一律的三明治、水果和水壶里的咖啡,只有晚餐才会去店里享受些丰富的菜肴。我的预算是一天花费十五美元。汽车旅馆的单人房是每天八美元,早餐的面包和咖啡要一美元,摩托车每天的汽油费在一美元以内,至于午餐、晚餐和偶尔的一点酒、香烟等,就用剩下的五美元支付。我每天都精打细算,尽量把每天的花费控制在这个预算范围内。

我随身携有地图,进入美国境内后,有很多值得参观的名胜古迹。穿过了印第安人居留地之后,我打算参观美国独立战争时的几个古战场。这些地方的门票大都要一美元,不过都在我的预算范围内。如果超出了预算,我就只好节省当天的伙食了。

摩托车要比我想象中更结实,跑起来又快又稳。不久,我越来越熟悉它,操纵自如,好像自己和这部车子已融为一体。

The spy who loved me

一踩油门,车子发出呜呜的排气声,可以在短短二十秒内加速到五十公里的时速,这个速度让美国的那些普通轿车都自愧不如。我就像只小鸟一样在道路上任意飞翔,自由又快乐。当然,路上经常有些年轻男人对我吹口哨,调戏我似的;也有一些上了年纪的老人,笑着向我招手,而我通常也会以甜美的微笑回报。美国北部的大部分高速公路的路肩都凹凸不平,而我这种小车按照规定只能跑路肩位置,所以常感觉有些颠簸。不过也有许多汽车会给我让路,大概对我这看起来不堪一击的小车子挺同情吧,所以有时我可以在内车道向前飞驰。

第一天走得非常顺利,天还没有暗,我就过了蒙特利尔,开进第九公路了。第二天,我开了大概二十公里,很快就越过国境,进入纽约州了。晚上,我住在一家名叫"南边之路"的汽车旅馆。这家旅馆的服务生非常热情亲切,就像我是明星似的,这不免让我有点受宠若惊。我在旅馆自助餐厅享用了美味的食物,旅馆老板还向我敬酒,我有点不好意思地接受了一杯。随后,我回到房间休息了,回味着这美妙的一天,甜甜地睡了个美觉。这辆摩托车实在是太棒了,到目前为止,我一切顺利!

起初,我只花了一天就走完了二百公里。但接下去的二百五十公里,我却花了将近两个星期才走完。这主要是因为进入美国国境后,我就像假期旅行的游客一样,到处游逛。当然,我不是专程来旅游的,不可能详细游览每一处美景,但是每一个古老的城堡、博物馆、瀑布、岩洞和高山,差不多都留下了我游览的足迹。至于传说乐园、冒险城市和那个噱头十足的什么印第安人居留地等,更是引起了我强烈的好奇心,我都花钱进去参观了,满足了自己的好奇心。由于我到处闲逛游览,浪费了许多时间,我不得不赶快动身离开这里,沿着高速公路向繁华的南部驶去。

两个星期后,我终于到达了乔治湖。这地方是到阿迪朗达克山脉来旅行的人最不喜欢的地方,因为这儿廉价旅馆鳞次栉比。以前,这里遗留着历史文物,树林繁茂浓密,野生动物到处闲逛,好一派鸟语花香的繁盛之地,可是如今已经成了廉价旅馆的聚集地。这里除了有许多城堡,河流中穿梭着许多汽船以外,剩下的就是廉价酒店,还可以看到一些卖草菇、大酋长汉堡、冰淇淋等的小摊贩。这里有很多景点还是挺值得一看的,例如动物之国(游客可以抱着穿衣服的大黑猩猩合照)、瓦斯灯之村(旅客可以欣赏1890年的瓦斯灯)、美国故事城等。参观完这些地方后,我离开第九公路,进入树林中的沙土路,到达了追米·派因斯·玛达·考特的这家汽车旅馆。现在,我就坐在这家旅馆屋内一张有扶手的椅子上,回忆我是如何来到这儿的。

第二部分　不速之客

The spy who loved me

第七章　误入虎穴

大雨还在噼噼啪啪地下个不停,房子四周的排水管也持续沙沙作响,雨水声与排水声交汇融成一曲交响乐。感觉有点百无聊赖,我想上床睡了。在这间小小的一尘不染的客房中,我穿着旅馆的高级密织睡衣,肯定可以酣睡到天亮的。这睡衣用料考究,柔软舒适,旅客们都赞不绝口。床很厚实舒适,上面铺着专门定制的轻暖垫子,还有电视机、空调、制冰机、阿克利纶毛毯以及美观耐用的家具(桌面与抽屉都采用结实坚固的酚醛层压板,不会留下香烟烙印和酒精污渍)。此外,每间客房还配有光亮整洁的浴室、高档马桶,就连厕纸也都采用时下最流行的颜色。而且室内装潢文雅考究,令人耳目一新。这么漂亮的一间房，今晚就属于我一个人了。

虽然旅馆设备完善，装潢高级雅致，而且又位于风景胜地，但是生意并不怎么样。因为两个星期之前我到这里时，仅有两位房客，从那时到现在，再没一个人前来预订房间。

那天晚上，当我来到这家旅馆时，看到柜台上正坐着一位中年妇人，铁灰色的头发，飘忽不定的眼神，嘴唇发抖，一副心事重重的样子。看到我时，她露出狐疑的神色锐利地看着我，随后视线移到我干瘪瘪的行李袋上。我告诉她我要住宿，当我把摩托车推到九号车房时，她手中拿着旅客登记簿一路跟过来，生怕我登记假车号似的。后来我见到了这女人的丈夫，也就是杰德·梵沙先生，笑容满面，看起来一副好好先生的模样，但是后来我才知道他过分殷勤的用意。那天，他从餐厅端了一杯咖啡给我，趁我不注意，突然伸手在我胸前摸了一下，我强忍住没有发飙。据我观察，他主要负责旅馆的杂活，同时也负责做一些简单的饭菜。梵沙先生的眼睛是淡褐色的，总是像贼一样滴溜溜地在我身上打转，看起来一脸贼眉鼠眼的样子。他向我发牢骚，说他每天都忙得团团转，打烊前做了好多事情，除了自己的本职工作，很多时候还会被叫去为过路的旅客做份煎蛋，实在忙得分身乏术了。这对夫妇表面上是旅馆的老板，其实他们只是管理员，真正的老板另有其人，他住在很远的特洛伊，名叫桑吉内蒂。"这人有钱有势，在科霍斯路开了好多家店铺,还在滨河区开了一家旅馆。除了这儿,他还在奥尔巴尼城外的第九公路旁开了一家名叫'特洛伊木马'的旅馆。你从第九公路那边过来,应该有看到那家旅馆吧?"我不感兴趣地摇摇头,心不在焉地告诉他说不知道。他对我露出一抹不怀好意的笑容,继续说道,"如果你想要观光旅游,最好去他那家旅馆。不过我告诉你,你千万不能单独一人到处走动哦!你长得这么漂亮,很容易遭到一些登徒子非礼的呀!这个月15号以后,我会去那边一趟,如果你也想去,你可以打电话给我,只要说找梵沙先生就可以了。我非常荣幸能够陪你这么漂亮的小姐,包管你玩得开开心心的!"他说得唾沫横飞、眉飞色舞的,但是这样子只让我感到恶心。不过出于礼貌,我还是道了谢,而且告诉他,我只是顺路经过这里,不会长久逗留,到时候还会继续往南前行,去往佛罗里达。不想跟他继续啰里啰唆下去,我故意转移话题说:"梵沙先生,您能不能为我煎两个蛋,掺一点熏肉呢?"他连声回答好好好。煎好蛋递给我后,在我吃煎蛋时,他又像苍蝇似的坐在我旁边,又开始没完没了地向我讲述他那些伟大事迹,然后把话题扯到我身上,问了一大堆问题,例如,我的旅行计划是什么?我父母是做什么工作的?我一个人出来旅行,家人放不放心?在美国有没有熟人等等,啰里啰唆地问了一大堆,实在令人讨厌。不过我看他也有四十五岁了,这年纪都可以做我的父亲了,可能只是纯粹出于好奇这样问罢了。

虽然他一脸色眯眯的样子,不过她太太不停地从柜台那头看过来,所以我也没什么好担心的了。

终于,梵沙先生起身离开,找他太太去了。我抽了一支烟,把第二杯咖啡喝完。"小姐啊,这杯咖啡不要钱,算是我们赠送的。"梵沙太太说完,又继续和她丈夫小声说笑去了,不时传来咯咯咯的笑声,看样子他们允许我在这里住宿了。"天哪,我实在不敢相信,现在的小姐都这么胆大啊,更不知道将来又有什么新花招呢。"梵沙太太一边说,一边来到我身边打听我的旅行计划,一副很关心的样子,像母亲对待自己孩子一样亲切。然后她顺势坐下来,故作可爱,劝我多住几天,好好休息一下,同时可以在店里帮帮忙,顺便赚点零用钱。旅馆原来的前台小姐昨天刚好走了,他们需要一个人负责清扫房间。因为观光季节快结束了,旅馆也快关门了,所以他们没有时间再另外找人。如果我愿意,他们愿免费提供三餐,每周三十美元的薪水,请我帮忙两个星期。

从出发到现在,我的总花费已经超出预算五十美元了,如果接受她的提议,我不但可以免费吃住,还可以在两个星期内赚到六十元美金,想想还真挺划算的。虽然我不是很喜欢梵沙夫妇,不过他们还是比旅行中碰到的其他不怀好意的人士好一些。而且,这是我在旅途中做的第一份工作,我也挺好奇旅馆方面的工作。如果做得好,说不定他们会写推荐信,这样我南

The spy who loved me

下旅行时,找类似工作会更方便些。于是,我问了他们一些有关问题之后,就应承下来了。他们开心不已,连忙告诉我工作内容,还特地嘱咐说,如果碰到一些行李很少,而且坐车来的客人,一定要特别小心。随后,他们还带我简单参观了一下旅馆,让我尽快熟悉环境。

大致熟悉环境后,梵沙太太又向我解释了为什么要特别留意那些行李少、坐车来的客人。听了之后,我惊得瞠目结舌,没想到旅馆行业竟还有这样骇人听闻的事。原来,这些人来投宿时,往往装作度蜜月的年轻夫妻,专门找那些位置偏僻的旅馆,随身带着护照,提着一个大皮箱,表面上似乎是装日用品的,其实,里面放置的是整套精密的工具,以及假车牌等。然后他们把车停在靠近客房门口的车库里。住进旅馆之后,等到夜晚旅馆打烊后,他们就开始在黑暗中做一些见不得人的勾当。他们先把浴室内各种用具的螺丝松开,然后检查电视机是否固定了,然后等所有人睡着后,他们就开始把房内的寝具、毛巾、窗帘等整齐地叠好,把天花板上的吊灯拆下来,把床架拆开,取下抽水马桶的坐垫。如果了解管道系统,他们会连整个抽水马桶都拆下来。当然一切都是在黑暗中进行的,一人拿着手电筒照明,另一个动手,配合得天衣无缝。等所有的勾当干完后,已是三更半夜了,他们就偷偷摸摸地把东西整齐地堆叠在停在停车场的宽敞车子上。最后,他们用毛毯裹好这些偷来的东西,这样外人看不见里面的东西是什么,然后把早已预备好的假车牌换上,就迅速逃离这儿,甚至逃到另一个州去。

这些在旅馆偷盗的家伙,只要成功干个两三票,他们的屋子一定会焕然一新,住起来舒舒服服的。如果这些坐享其成的坏坯子的房子太大,还有花园或走廊的话,他们就会在半夜光顾郊外有钱人家的带有游泳池的豪华住宅。几次得手之后,就可以偷到室外家具、儿童玩具等,甚至连除草机、洒水器等也不放过。

梵沙太太对这些旅馆小偷深恶痛绝,可又防不胜防。所以旅馆中的一切东西,只要能用螺丝钉牢的,都会被紧紧钉牢固,而且会打上旅馆的名字。她一再叮嘱我,最好的预防方法就是要仔细观察旅客,如果发现此人鬼鬼祟祟,就随便找个借口打发掉。如果一不留意让他们住进来了,只有整晚不睡觉带着枪看着。在大城市里,旅馆还面临着其他问题,譬如有妓女会在旅馆接客,有谋杀犯会在浴室留下几具尸体,甚至还有人抢劫柜台的钞票。说完后,梵沙太太又怕我害怕,就对我说,如果觉得苗头不对,就赶快把梵沙先生叫出来,他身强力壮,而且有一把枪。听了梵沙太太的安慰,我心里还是没有放松下来,本来我是出于好奇才接受这份工作的,没想到里面竟然还隐藏着这么多危险。

就这样,我开始正式工作了,还好,一切都非常顺利,我也

The spy who loved me

没遇到任何棘手的问题,而且工作非常轻松,没什么事可做,所以我有点纳闷,为什么梵沙夫妇这么热心给我这份工作呢?是不是有什么不可告人的原因呢?也许是他们懒得做,而且又不是自掏腰包支付薪水,所以干脆就找个帮手,自己乐得清闲。又或许是梵沙先生对我有所企图吧!不过从那次之后,他也并没什么进一步越轨的举动,我顶多每天打掉他那只不规矩的手,冷冷地斥责他一顿,晚上睡觉前,把门锁紧,再用把椅子把门顶住。我这样做完全是因为我搬进来的第二天晚上,那不死心的老色鬼梵沙先生,企图用备用钥匙开我的房门。后来我失声大叫,他才讪讪地溜走了。

刚开始工作的第一个星期,还有些零星的过夜客人,我就帮忙做些房间打扫工作,觉得还挺新鲜。但是后来客人越来越少,到10月15日之后,已经一个也没有了。

10月15日这一天,这一带观光区好像着了魔似的,所有的店铺都关门不做生意了。原来在这儿,这一天被认为是冬天开始的第一天,预示着往后就是打猎的季节了。那些有钱又喜欢打猎的人,会在这个时候到山间的狩猎俱乐部,或到自己的山中小屋去。那些没钱的猎人,则将车子开往露营地,晚上在车里睡觉,天亮之前进入林中,捕捉猎物。反正10月15日前后几天,几乎没有什么游客。这段时间的阿迪朗达克商家别想着赚游客的钱。

随着距离旅店关门的日子越来越近,梵沙夫妇和住在特洛伊城的老板桑吉内蒂的通话也越来越频繁。10月11号这天,梵沙太太突然跟我说,他们夫妇准备13号回特洛伊城去。所以那天晚上我得独自一人看守房子,等到14号中午,桑吉内蒂先生会亲自过来处理后续事宜,到时我只需把所有房门钥匙交给他就行了。她问我这样可不可以。她说得很轻松随意的样子,但是我却吃了一惊。他们怎么放心把这么一栋大旅馆,交给我这陌生的女孩呢?看到我百思不得其解的疑惑表情,梵沙太太解释说,他们会一并带走旅馆内的所有现款、账簿,以及酒类食品等一切库存,我只要负责睡前熄灭电灯,关好门窗就行了。14号桑吉内蒂先生来时,会带几辆卡车来搬东西。等一切收拾妥当之后,我只要交出房门钥匙,就可以离开了。听了她的解释后,我回答说:"好的,没问题。"他们俩绽放出灿烂的笑容,夸赞我是一个听话的好女孩。于是,我乘机提出要他们为我写推荐信,没想到他们马上推辞,说只有桑吉内蒂先生才有资格这样做。他们回去后,会在桑吉内蒂先生面前帮我美言几句,到时候让他给我写封推荐信。

11号这天,他们跑进跑出地忙着搬东西。除了留下我和以后来的卡车司机要吃的培根、鸡蛋、咖啡、面包外,其余东西都搬得一干二净。

在他们快要离开的这几天,我原以为他们对我的态度会越

The spy who loved me

来越好,毕竟从一开始,我就很卖力做好分内事,甚至连职责外的工作,我也会主动上前帮忙。但是出乎意料,梵沙太太总是以命令般的口气对我颐指气使,好像我是一个女仆似的。而梵沙先生则更肆无忌惮,不但公开对我动手动脚,甚至在他太太听得到的地方,对我说些污言秽语。他们的一反常态,实在让我好生纳闷,好像反正用不着我了,所以对我视如敝屣,任意侮辱。最后,我实在忍无可忍,找到梵沙太太说:"我现在要马上走,请把我的薪水结算一下。"没想到,梵沙太太听了后有恃无恐地说:"不行呢,小姐,薪水由老板支付。等老板来善后时,你要把所有东西都交代清楚,就连一把刀具也要交代得清清楚楚。"听了她厚颜无耻的话后,我气得说不出话来,晚餐也不想和他们同桌了,自己做了个果酱三明治,独自待在屋里吃,一心巴望着早上六点赶快到来,这两个人渣赶快走。

现在,我就在这家旅馆度过最后一个晚上。明天我也要离开这儿,继续我的旅程了。这段日子,只不过是我人生旅途中的一个小片断而已。虽然碰到梵沙夫妇这种人挺晦气的,不过至少我学到了一些新的工作经验,说不定以后用得着呢。我看了看表,刚好九点,这时广播里发出台风警报,会有台风从奥尔巴尼吹过来,也许今晚会下雨吧,不过阿迪朗达克会在今晚半夜放晴。所以如果幸运的话,我明早上路时应该天气晴朗,没有雨了。我走到柜台里,按下电炉开关,拿出三个蛋和六条培根,做了份熏肉煎蛋。我现在饥肠辘辘的,正要将美食放进嘴里大快朵颐时,大门忽然发出砰砰砰的声音,似乎有人正在用力敲打。

The spy who loved me

第八章　引狼入室

我非常紧张,心都快提到嗓子眼了。这么晚了会是什么人呢?这时我才想起,刚刚电闪雷鸣时,我打开了门口的"内有空房"的招牌灯,忘记熄灭了。我真是蠢到家了!正在思索之间,又传来一阵砰砰砰急促的敲门声,我想要去道歉,就说现在没有空房了,然后让他们去乔治湖投宿。听着这急促的敲门声,我怀着忐忑不安的心情走到门边,打开门锁,把门闩拉下来。

由于这家旅馆没有门廊,昏暗的空房指示灯的霓虹灯光,在倾盆大雨的雨帘中,闪闪发着红光,我看清楚站在大雨中的是两个穿着黑色雨衣的男人,戴着风帽,两个人的后面停着一辆黑色的轿车。

站在前面的那个人很客气地开口问道："是米歇尔小姐吗？"

"是我，不过很抱歉，虽然灯光表示还有空房，不过是我忘记关掉了，我们旅馆已经歇业了。"

"是的，我知道你们已经歇业了。其实我们是奉桑吉内蒂先生的命令来的，我们是保险公司的人。明天桑吉内蒂先生要派人来搬东西，所以让我们先来清点一下物品。这雨可真大啊！你能不能先让我们进去躲躲雨？等我们进去后，会把身份证件拿出来给你看一下，来证明我们的身份。今晚的雨可真大啊！"

听了他们的话，我半信半疑，仔细地打量着他们，想看清楚他们的长相，可是由于这两人头上戴着雨衣帽子，整个人包得密不透风，所以实在是难以辨认。虽然他们的话听起来合情合理，不过我总觉得他们看起来挺让人害怕，我还是紧张不安，于是我说："可是管理员梵沙夫妇并没说过你们要来的事情啊。"

"是吗？他们应该跟你交代的呀。我们检查完后，会把情况汇报给桑吉内蒂先生的。"这个站在前面的人说，说完，后又回头问背后的人，"我说得对吧，琼斯先生？"

后面的人似乎在看好戏似的，拼命压住笑，说道："是的，汤姆森先生。"说完他忍不住咯咯笑出声了。

然后前面那人又转向我，说："小姐，你还是先让我们进去吧,我们浑身都湿透了。"

"呃,我……我不知道,梵沙夫妇叮嘱我不能让任何人进来。不过,如果的确是桑吉内蒂先生嘱咐你们来的话……"我迟疑着,最终还是把门闩拔掉,打开了门。

他们很粗鲁地推开门,然后大摇大摆地走了进来,肩并肩地站在宽敞的客厅,环顾着四周。那个被叫作汤姆森的人,用力地吸了吸鼻孔,一副冷漠、嗤之以鼻的表情,在他灰色的脸上,一对黑色的眼珠不停转动着,看起来阴森森的,盯着我说:"你会抽烟吗?"

"会一点。怎么了?"

"我以为这儿除了你之外,还有人在这里跟你一起抽烟聊天呢。"说话当中,他从我手里扯过大门的门闩,砰的一声甩上门,把大门锁紧,还挂上了门闩。然后,他们脱掉不停滴着水的雨衣,随便往地板上一丢。这时,我才看清楚他们俩的长相,不由得感到阵阵寒意,心里直发毛。

那个叫汤姆森的人显然是两人中的发号施令者,个子很高,但骨瘦如柴。也许因为常年待在屋里不晒太阳的缘故,他的皮肤灰暗无光,毫无血色,而且眼神有点呆滞,一副无精打采的样子。他的嘴唇很薄,唇色就像未缝合的伤口一样略带紫色。说话时,透过一张一合的嘴唇,可以看见他前排的银灰色牙齿,就像那种流行于俄罗斯和日本的廉价钢制假牙。一双耳朵耷拉下来,紧贴着脸,方正的头上竖立着硬硬的理得很短的灰白色头发,短得可以看到青白的头皮。他穿着一件黑色的单排扣外套,肩膀上似乎有一块方形垫肩,看起来鼓鼓的。窄窄的裤管紧实地包裹着双腿,明显可以看出膝盖骨的位置。外套里面是一件灰色的衬衫,由于没系领带,所以把衬衫最上面的扣子也扣了起来。脚上蹬着一双羊皮制的灰色尖头皮鞋,好像是意大利生产的。衣服和鞋子看起来都是崭新的,似乎都是刚买不久的。他看起来让人有种毛骨悚然的感觉,我不由得起了一身鸡皮疙瘩。

  总之,这是个看起来极度危险的人物,另一个男人则看起来很猥琐、恶心——个头很矮,圆脸,浅蓝色的眼睛,肥厚湿润的嘴唇,给人一种油腻腻的印象。他的皮肤白皙,仔细一看才发现他身上一根毛都没有——没有眉毛,没有睫毛,头顶光秃秃的,连一根头发都没有,好像是患了可怕的无毛症似的。压下心里的一阵阵嫌弃的感觉,我尽量让自己看起来不要太失礼。而且他好像得了重感冒,脱下雨衣后就开始不停地擤鼻涕。他穿着一件黑色的皮制风衣,裤子脏兮兮的,脚上蹬着一双墨西哥鞍皮靴,他看起来年纪不大,以一种吃人的眼神肆无忌惮地看着我,好像要脱掉我衣服似的。真希望自己当时多穿几件衣服,这样才不会在他这种肆无忌惮的眼神下感觉局促不安。

过了不久后,他终于擤完了鼻涕,然后开始对我伸出魔爪。他从上到下地打量着我,露出一嘴黄牙朝我笑。然后忽然紧逼过来,还轻佻地吹着长口哨:"快看啊,"他边说边向那个瘦高个男人使眼色,"这妞看起来像个野妓,丰乳翘臀的,实在秀色可餐啊!"

那个瘦高个男人说:"喂,施乐格西,现在还不是时候,你别这么快动手。我们先去检查下这些房间再说。这位小姐可以帮我们煮些饭菜。吃些煎蛋怎么样?"

那个叫施乐格西的矮个子男人对我咧嘴一笑,然后跳舞似的向我逼近,我不由得退向门口,装作更害怕无措的样子。等他靠近到我打得到的距离时,我忽然使尽吃奶的力气打了他一耳光。他吃了一惊,在他回过神之际,我趁机从他侧旁冲过去,跑到桌子后面,顺手拿起一把金属椅子,拿着椅脚对着他。

那个瘦高个男人发出狗吠般的笑声:"哈哈,施乐格西,我刚刚就跟你说别那么猴急,离天亮还早着呢,你有一整夜的机会呢。明白我的意思吗?"

我站在一旁不动声色地观察着他们,蓄势以待。我看到那个矮个子原本苍白无色的圆脸因为兴奋,涨红得跟猪肝色一样。他用手指漫不经心地摩挲着自己的脸颊,咧开湿润的嘴唇,慢慢地露出诡异的笑容,说着:"我可爱的小甜心,今晚你将会有个毕生难忘的夜晚哦,有你好受的呢。明白我的意思吗?"

我透过举起来的椅子缝隙观察着他们两个人的动静,心里后悔死了,这两个人来者不善。我尽量装出镇静的声音说:"你们是什么人?到这儿来有什么目的?证件拿出来给我看看。否则等一会儿马路上有车子来,我就打破窗户大喊救命。我是加拿大人,如果你们敢动我一根汗毛,明天一定会吃不了兜着走的。"

施乐格西冷笑道:"鬼才知道明天会发生什么事情呢,明天是明天的事!小甜心,现在你要担心的是今晚自己的处境哟。"说完他扭头对瘦高个说,"嗨,我看我们还是别跟她兜圈子了,开门见山地告诉她,说不定她还能帮我们忙呢。霍威,你说呢?"

霍威侧过头瞧着我,一副冷淡漠然的表情:"小姐,你不能随便打施乐格西。他的力气大得很,他非常讨厌不听话的女人。你要知道他的脾气,也许因为他在圣昆廷监狱蹲久了,打了太久的光棍吧。不过,他现在这样子主要还是因为患上了精神病。对了,施乐格西,我忘了医生说你患了什么病啦。"

施乐格西露出得意的表情,一字一顿地用拉丁语说道:"阿鲁皮西亚·妥塔力思。就是全秃症的意思,明白吗?你看,我身上连一根毛也没有。"他边说边用手在身上摸来摸去,"你看,这边没有毛,这里也没有。小姐,你以前看见过得我这种病的人吗?"

霍威接口说:"所以说,施乐格西脾气很差,动不动就生气,我猜应该是因为那些人都戴着有色眼镜看他的缘故。如果你也得了这种病,或许就会感同身受了吧。所以他在特洛伊是有名的冷血凶手,有些人会花钱雇他去杀别人。你懂我的意思吗?今晚就是桑吉内蒂老板派我们俩到这儿来,让我们好好看管这个地方,一直等到卡车司机们到来。估计是我们老板心肠好,不放心像你这样年轻漂亮的小姐,独自一人在晚上看管这旅馆,怕有什么意外发生,所以才叫我们来和你做伴。施乐格西,我说得对不对?"

"说得太对了!"施乐格西咯咯笑着,"小姐,我们就是专门为保护你才来的。有我们在这里,那些豺狼虎豹就不敢来了。根据最近的一些统计数字,像您这样的小姐最需要人好好保护,知道吗?"

我把椅子放到桌面上,继续问道:"嗯,既然如此,我要知道你们的真实姓名,还有你们的身份证明,拿出来让我看看。"

说话间,施乐格西突然转过身来,右手已经握着手枪,在我还没反应过来之际,只听见咣当一声,吧台上方的储物柜仅剩下的一罐麦斯威尔咖啡向一侧掉了下来。在咖啡罐还没掉到地上之前,施乐格西又向咖啡罐打了一枪,刹那间,褐色咖啡粉到处飞溅。除了空咖啡罐碰到地板发出清脆的响声,四下一片沉寂。突然而来的枪声,令我呆若木鸡。这时,施乐格西偏过头看我,但他手中空无一物,刚才的手枪不知什么时候不见了。对于自己高超的射击技术,他一脸自豪地说:"小姐,我的射击技术怎么样?这样可以证明我的身份了吧?"

一小团蓝色的烟雾飘过来,我闻到一股浓重的火药味,不由得腿脚发抖,但又装出满不在乎的样子说:"先生,您不觉得这些咖啡粉浪费了太可惜了吗?你们还是告诉我名字吧!"

瘦高个又说话了:"施乐格西,这位小姐说得对,咖啡粉就这样浪费掉确实很可惜。不过,小姐,正是由于他是个射击好手,所以他的外号就叫快枪手,他本名叫施乐格西·莫兰特,我叫索尔·霍洛维茨,大家都叫我魔鬼霍威。不过我也不知道这个外号是怎么来的。施乐格西,你知道它是怎么来的吗?"

施乐格西笑道:"也许是你有一次大展身手,让别人吓破了胆,所以才获此大名吧。估计怕你的人不止两个呢,反正我是听别人这么说的。"

霍威没有吭声,沉默了一会儿说道:"好了,施乐格西,现在去检查一下所有客房。小姐,你去帮我们做点吃的。不要要什么花招,只要你乖乖地听话,我们就不会伤害你的,明白吗?"

施乐格西贪婪地注视着我,说道:"如果你耍什么花招,可别怪我们不客气了……"还没说完,他就大步走向柜台后的钥匙挂架,拿下所有的钥匙,然后从后门走出去了。我终于松了一口气,放下椅子后,尽可能让自己沉着冷静下来,然后穿过房间,走进柜台里做吃的去了。

瘦高个霍威慢慢地走到离我很远的餐桌前,从桌上拿下一把椅子,转了个圈,然后倒骑在椅子上,两手交叉放在椅背上,再把下巴放在手上,面无表情地望着我,轻声说道:"给我做一份炒蛋,最好多加些培根,还要奶油吐司。刚才打掉的咖啡罐里还有咖啡吗?"

"我现在看看那空罐里还有没有剩下些咖啡。"我边说边蹲了下去看。可怜的咖啡罐被开了四个小洞,我拾起来看到罐底还剩下一点儿咖啡粉,其余的都散落在地上了。我把罐子放在一边,胡乱把地上散落的咖啡粉抓进一个小碗里,才不管里面掺杂了多少尘土呢,这些脏咖啡就留给他们喝,罐里剩下的则留给我自己享用。

我差不多花了五分钟来处理这些散落的咖啡粉,同时心里暗暗盘算着下一步的计划。这两个人肯定不是什么好东西,一定是桑吉内蒂老板雇的杀手,他们肯定是从桑吉内蒂老板或梵沙夫妇那里得知了我的姓名。他们说的其他话肯定都是胡编乱造的谎话。他们在这样一个风雨交加的夜晚来到这里,肯定有不可告人的目的。他们的目的到底是什么?他们已知道我是加拿大人了,也知道如果我明天去警局报警,他们可就惹上大麻烦了。霍威说施乐格西曾是圣昆廷监狱的囚犯,那么我猜他自己也好不到哪里去,因为他的脸色晦暗无光,就像死人一样,说不定也是刚刚从监狱里出来的。一想到这,我似乎就嗅到了他们身上那股监狱的味儿。所以只要我一报警,他们俩绝对是死定了。警察来时,我就告诉警察我是一名记者,可以详细报道本州单身女子身上发生的惨案。可是警察会相信我吗?当时明明有"内有空房"的霓虹灯招牌亮着,表示这旅馆还有空房。既然我是独自一人看管旅馆,但是为何又忘了关招牌灯呢?这不就代表着我希望有客人入住吗?既然是独自一人,为何又穿得这么随便呢?左思右想,这些都对我不利,我不愿多想下去了。回到问题原点,这两人来这到底有什么目的呢?他们开的是小车,如果真的是来清扫房间搬东西的话,应该开卡车来才对。难道真如他们所说,确实是来看管旅馆的吗?只不过改不了杀手的举止习惯,所以在我面前的一言一行还是像个杀手一样。他们到底是什么人呢?今晚会发生什么事呢?

　　我站起身来,一面胡思乱想,一面走到厨房开始忙着煮食物,心里想着:对付这种不三不四的人,最好的方法就是尽量满足他们,这样他们就找不到理由虐待我了吧。

　　我捡起厨房角落里梵沙先生卷起来扔在那里的围裙,围在腰际。我最好要有一把防卫的刀具,突然想起放餐具的抽屉里还有一把尖尖的碎冰锥和一把锐利的切肉刀。我拿起碎冰锥,柄朝下插进围裙下面的裤子口袋里,切肉刀就放在水槽旁边的那块抹布下面。然后我打开放餐具的抽屉,又在抽屉旁边摆了

The spy who loved me

一排玻璃杯和碗,必要时我就用它们作为武器丢过去防身。虽然就像是小孩玩游戏般,小打小闹,可我所有的武器也就只有这些了。

我猛然抬头,视线掠过房间那头,发现霍威一直在盯着我。对于他们这种惯犯来说,他们熟知所有的伎俩和对策,也许他早已看穿我的脑中在想什么了,知道我这些行动的用意了。我能从他的眼神中得知,不过我现在也管不了这么多了,继续进行我的小小防卫战。记得在英国的学校里,我一直以这样一句话安慰自己:"人若犯我,我必犯人。而且一定会以牙还牙,让他们知道我不是好欺负的。"所以如果他们想污辱我,或是要杀死我,我一定会让他们知道我可不是好惹的。他们到底会怎样对我呢?污辱我,还是杀掉我呢?我也想不出个所以然来,只知道自己已陷入极度危险的境地了。我从这两个人脸上的表情可以看出来自己现在所处的危险境地,一个是满脸冷漠,一个是心怀不轨。可是他们为什么要这么做呢?我百思不得其解,但是我只知道自己现在的处境非常危险。

我边想边在碗里打了八个蛋,用叉子慢慢地搅着。平底锅里已放了一大块奶油,正在加热,慢慢融化。旁边是一个煎锅,里面的培根已经发出嘶嘶声,快炒熟了。然后我把打好的蛋倒入平底锅里炒熟。我一面手里不停地忙活着,一面想着如何逃跑。能否成功出逃主要看那个施乐格西,就看他检查完房间回来时,会不会把后门锁上。如果没上锁,我就可以从后门逃。当然,我可以骑着我的小摩托逃跑,但是这辆车已差不多有一星期没用过了。在这冰冷的天气,我得要踏好几次才能发动它,这样太费时了,行不通。只有丢了行李和钞票,像个野兔一样逃得越快越好。不管向左还是向右,只要绕过旅馆后面,进入树林中逃就行。不过我突然想起来,从地势看,不能向右跑,因为旅馆后面有一个湖,这样跑起来不方便。而左边则有一大片茂密的树林,绵延数公里,倒是可以尝试从左边逃跑。不过今晚风雨这么大,估计没跑几步就会被淋得像个落汤鸡了,到时候后半夜一定会很冷。我又看了看脚上那双漂亮的凉鞋,穿这种鞋,能在泥泞路上跑吗?而且在这风雨交加的漆黑夜晚,一定很容易迷路。但是这些问题等下再担心吧,眼下最重要的是赶快离开这两个恶魔,逃掉了再说其他事情。

香喷喷的炒蛋做好了,非常滑嫩,我用一个平盘盛好,在盘子周围放些培根,又用另一个盘子盛刚烤好的吐司,切了一大片奶油放在吐司旁,然后再把两个盘子放在托盘上。当我把热水冲进咖啡里时,看到一些尘埃浮起来,心里暗自偷笑,最好这些尘埃能噎死这两个恶魔。我端着托盘,从吧台后面走出来,感觉围着围裙的自己还挺有厨师派头的,然后向霍威站的方向走去。

当我把盘子放上桌后,听到后门啪的一声被踢开,又砰的

The spy who loved me

一声被甩手关了起来,但没听到上锁的声音,我赶快掉头仔细看去。检查完房间的施乐格西两手空空地回来了,我的心忍不住怦怦直跳,故作镇静地把炒蛋、咖啡从托盘中拿出来摆在桌上。施乐格西朝桌子走来,看了一眼桌上的东西后,很快绕到我的身后,用手环抱住我的腰,把他那张可怕恶心的脸凑上来,鼻子紧贴着我的脖子说:"小姐,你的厨艺看起来很不错呢,就像我妈妈做的一样。你考虑得怎么样了?我们俩住在一起如何?如果那个事也像这吃的一样美妙的话,那你就是我梦寐以求的佳人了。怎么样?你是怎么想的?"

这时我正好拿着咖啡壶,恨不得把这壶滚烫的咖啡浇到这下流坯子头上。霍威似乎看穿了我的意图,赶快说:"住手,施乐格西,我刚才说过了等下再来。"他的声音很尖锐,施乐格西不得不立马松开了我。霍威这瘦小精明的人继续说道:"真是的,如果不是我,刚刚你的眼睛差点也变成了煎蛋。你可别小瞧了这位小姐,她的能耐可是大得很呢。你先坐下,我们现在可是要事缠身,还有一大堆工作要做呢。"

施乐格西有点不服气的样子,想继续逗能,但很快还是乖乖听话,喋喋不休地说道:"真讨厌,你净说些扫兴的话,你可是知道我很喜欢这妞的,老是说不是时候,那到底要等到什么时候啊?"他一边愤愤不平地说着,一边拉把椅子坐下。我则趁机赶快走开了。

偌大的收音机和电视机就放在靠近后门的柜台上,我一直没关掉,所以一直在轻声播着节目,不过我可没心情去欣赏。我慢慢走过去,把电视机的声音调大。他俩正在轻声地交头接耳,听不见在说什么,只听见刀叉碰撞的声音。现在机不可失,我心里默算着到后门把手的距离有多远,然后悄悄向左边快速冲过去。

The spy who loved me

第九章　逃离虎口

突然,我听到砰的一声,门上的金属框架似乎被子弹击中了。我用手压住腹部前的碎冰锥,以免它的尖头刺到我肚子,在湿漉漉的草地上拼命地跑。幸运的是现在雨停了,不过草地上仍潮湿得很,非常湿滑,所以即便我的凉鞋是平底的,也跑得不够快。没过多久,我听到后门被打开的声音,接着是施乐格西的吼叫声:"喂!别再跑了,你再逃连小命都没了。"我不敢跑直线,像蛇一样迂回地拼命向前跑。果然传来枪声,小心翼翼且很有节奏。嗖的一声,一颗子弹从我身边飞过去了,又啪的一声落在草地上。再跑十码就可以跑到灯光照不到的角落。我小心翼翼地躲避着子弹,弯来弯去地跑,我的身体不停地颤抖,我觉得自己已变成了子弹靶。啪的一声,子弹射中了最后一间客房的窗户,玻璃碎片哗啦啦地掉落下来。这时,我已跑到拐角,快要跑进树林了。忽然,我听到车子发动的声音。他们发动车子做什么呢?

　　我实在是怕极了。松树不停地掉下冰凉的雨水,有些地方的树枝重叠在一起,不断打到我的脸上,阻挡了我的去路。树林中一片漆黑,仅能看清一码内的道路。这时我忽然明白他们要开车子的原因,忍不住哭出来了。原来他们是要用车头灯从树林外往里照,这样就可以看到我逃跑的方向,然后轻而易举地抓到我了。我仍尽量往树林深处奔去,小心翼翼地躲避他们的搜寻。突然,我听到了汽车发动机加速的声音,估计不久他们就能再次抓到我了。我胆战心惊,已经顾不得考虑前方是什么,就像只无头苍蝇一般,只要有路,就没头没脑地往前拼命跑。他们怎么没有再开枪呢?这时我已跑进树林中约三十码的深处了,只怕他们随时会射击。我跑得上气不接下气,衣服好像也被树枝勾破了,脚上好像也受伤了。我知道自己跑不了太久了,现在最好赶快找棵最茂密的大树,避开车灯的照射,然后慢慢爬过去躲起来。可是他们为什么突然停止了射击呢?我跟跟跄跄地向右走了几步,在车灯没有照过来时,赶快跑过去躲进黑暗里,蹲在湿淋淋的松针落叶上。旁边还有一棵更茂密的树木,树枝都散落在草地上,我赶快慢慢爬过去,身体靠在树干上,躲在茂密的灌木丛里,然后平息自己的呼吸,获得暂时的安静。

忽然,我听到了尾随的脚步声,黑暗中看不清来人,但是步伐沉重却非常稳定,走走停停,然后侧耳倾听,试图找到我的位置。不管来人是谁,他看我没有动静,肯定知道我已经找到地方躲起来了。我最怕来人擅长追踪,这样他会顺着断裂的树枝和泥地上踩踏的脚印找到我的藏身之地。我悄悄地蠕动身体,试图绕到大树的背后,尽量远离他。这时,汽车灯正好照在我头顶湿淋淋的树枝上,不停地闪烁着。

不一会儿,我听到沉重的脚步声来到了附近,咔嚓咔嚓的树枝断裂声也越来越近,施乐格西的声音轻声响起:"小姐,你还是乖乖地出来吧,否则可别怪我不客气咯。追踪游戏到此结束了,现在还是乖乖出来跟我回去吧。"

手电筒的光在树下晃来晃去,非常仔细,一棵树一棵树地搜寻。他知道我就在附近了,突然一束光照到了我藏身的大树身上,施乐格西得意地说:"哈哈,小甜心,我还是找到你了吧。"

我不敢相信自己真的被找到了!我屏息着仍是纹丝不动。

只听见砰的一声,一颗子弹打到我背后的树干上。"哈!可怜的小东西,别害怕,这只是吓吓你。如果你再不出来,我要射的就是你那可爱的小脚了。"

他吓到我了,我知道他说到做到。我惊恐万分又疲惫不堪,颤抖着说:"我知道了,我这就出来,别再开枪了。"我颤巍巍地站起来,歇斯底里地想:笨薇薇,就这样被射死也算是个不错的死法了。

施乐格西仍站在那里纹丝不动,苍白的脸孔在黄色的车灯照耀下,在黑色的阴影中显得更是阴晴不定,阴森恐怖。他手中的枪正好瞄准我的腹部,他把枪收起来,说道:"好了,你现在乖乖地往前走,如果你再耍任何花招,就别怪我用枪打烂你的屁股。"

我感到万分羞耻,跌跌撞撞地穿过树林,朝远处停靠的汽车走去。我满心失望,忍不住自怨自艾。我到底做了什么事情?怎么会碰到这种事呢?为什么上帝要选择我做这两个魔鬼的祭品呢?现在他们一定气坏了,肯定会狠狠揍我一顿,再把我杀掉。警察应该会从我的尸体上挖出子弹吧。这两人好像恶贯满盈,杀人就像杀掉一只小猫一样简单,他们的杀人经验绝对非常丰富,肯定不会留下任何蛛丝马迹的。他们可能会把我活埋,或在我脖子上绑一块大石头沉到湖里去。

胡思乱想间,我终于走出了树林。瘦高个霍威很快从车子里探出身体,对施乐格西说:"好了,你把这小姐带回去,不过我得警告你,不能对她动粗,一切等我回来处理。"说完,他开车掉头而去。

车子开走后,施乐格西走过来,一双毛手肆无忌惮地对我上下其手。我实在没有力气反抗了,虚弱无力地说道:"不要这样。"

他小声对我说:"小野猫,你把自己搞得很惨,你这是自找麻烦。霍威这家伙可是个粗鲁的人,他到时候绝对不会对你手下留情的。不过只要你答应今晚乖乖陪我,我就叫他别对你乱来。你觉得怎么样?"

我鼓足最后一丝勇气说:"我宁愿去死,也不会让你碰我。"

"哦!小甜心,既然你不愿意乖乖就范,那么我就来强的,我有的是办法不让你安稳地度过今晚。明白吗?"话音刚落,他就猛地把我的手扭到背后,我疼得大声尖叫。施乐格西却很高兴地笑着说:"这就对了,就这样唱这种高声尖叫的歌,好好为你今晚的'精彩演出'提前练习一下吧。"

回到旅馆后,大厅的后门仍然是开着的,他用力把我推进屋内,然后啪的一声甩上了门,落上了锁。房间里仍然和刚才一样——灯光依然亮着,收音机正播着轻松欢快的舞曲,在温馨的灯光的照耀下,房间里充满了祥和温暖的气氛。想起几小时前,我还在房间里度过的惬意时光,坐在舒服的椅子里回想往事,时而甜蜜无限,时而忧伤难过,沉浸在自己自由的小天地里,那是多么幸福啊。对比现在的遭遇,我童年时期的那些小烦恼是多么微不足道啊!过去的那些伤心往事和失落的年轻岁月现在看起来是多么的荒唐可笑啊!温莎的电影院发生的那件事,现在看起来就像荒唐的闹剧一般。苏黎世,虽然那也是伤心之地,不过和现在比,已经算是天堂一般了。这个世界就是一个危险丛生的丛林,到处都隐藏着知人知面不知心的恶魔,他们总是藏在人群中,不易发现,但是却一直潜藏在暗处,伺机而发。一步错,步步错,现在命运将我卷入这混乱的旋涡中,把我扔进一个我做梦都想不到的黑暗世界里。对这个世界,我一无所知,也不知道如何反击,更没有什么人来拯救我。

进去房间后,我看到霍威正站在中间,两手随意垂在两侧,看起来懒洋洋的,非常闲适。看到我们回来后,他转过头冷漠地打量着我,然后,他举起右手,弯着一根指头,叫我过去。我的双脚伤痕累累,全身冻得瑟瑟发抖,恍恍惚惚地向他走去。在距离他还有几步的地方,我忽然从恍惚中清醒过来,想起来围裙下还有一把碎冰锥,于是我的手往那儿摸去。但是要把它拿出来不是一件容易的事,于是我停住了。他一直凝视着我,突然抬起右手,左右开弓狠狠地扇我耳光,我的眼泪夺眶而出,我拼命低下头躲避另一个耳刮子。这时,我的右手摸到腰间的碎冰锥,我立马掏出来,用尽全身力气朝他的头刺过去,但是碎冰锥只擦过了他的头部边缘,并没造成重伤。突然,我被反绑双手,从后往前被狠狠拉过来。

霍威的太阳穴那儿被我打伤了,鲜血直流,不一会便流到下巴上了,可这家伙仍然是一脸冷漠,丝毫没有痛苦的样子,但是他周身散发着骇人的气势,双眼充满怒火,渐渐向我靠近。我吓得松开手,碎冰锥也砰的一声掉落在地。

霍威开始打我了,先是巴掌,接着是拳头。开始我还拼命挣扎,扭曲着身体,闪开头部,用脚踢向他,但不久,我疼得不停哀号。我的哀叫不仅没有带来同情,似乎更激起了他的残忍,他那灰暗的脸上满是血迹,一双无情的眼睛冷冷地注视着我,拳头如雨点般地不停落下来。

我勉强撑起身子挪进我住的房间里的洗澡间,脱光衣服躺在地上,那件漂亮的衣服已被撕扯成片,上面沾满了树叶、泥土和血迹。施乐格西剔着牙,打开水龙头,眼睛眯得细长。水放满后,我挣扎着爬起来,我很想呕吐。这时的我已经顾不得一切形象了,就好像即将被宰杀的羔羊一样手足无措,不停地呜咽抽泣。终于,我吐了出来。

看到我呕吐,施乐格西反而笑了。他弯下腰,用手拍拍我的背说:"尽量吐吧,被人打后都是这样。吐完了,把自己洗干净,换上一件漂亮的新衣服,然后过来我这里。刚才你一声不吭就逃走了,弄得我们也没心情尝你做的炒蛋。以后别再这样了,不过你以后也没机会了,因为我会站在后门盯着你。哎哟,别再哭了。你又没流血,也没什么地方青肿,你今天已经是很走运了。霍威最讨厌女人,他这人喜怒无常。如果他到时候真的气急败坏,说不定现在你已经是一具尸体,等着把你扔进我们已挖好的坑里,哪还有机会在这里洗澡?快点洗吧,早点出来。"说完,他关上了门走了出去,这时我才感到自己是自由的。

我洗了约半个小时,真想把自己抛在床上,好好地大哭一场,但是又担心那两个家伙会等得不耐烦进来用手枪打死我。梳好头,又擦了些药膏后,我又燃起了求生的欲望。我从头回想事情的来龙去脉,看起来这两人并不想杀我,因为像施乐格西那么好的枪法,刚才我逃的时候,他早就可以一枪把我打死了,但他没有,子弹只是从我身边飞过。所以他开枪只是在恐吓我,让我赶快停止逃跑罢了!

我换了件白色衣服,又把带来的钞票藏在衣服口袋里,以防万一。虽然我知道也许没有再次逃跑的机会了,但还是放在身上求个安心。一切收拾妥当后,我拖着疼痛虚弱的身体,像猫一样柔顺地走出来。

时钟已指向十一点,雨早已停了,天上飘着些云朵,一弯半月在云间移动,洁白的月光照射到树林上。施乐格西靠在入口大门边,嘴里仍嚼着牙签,门口的黄色灯光照在他脸上。看到我出来后,他闪开让我过去,轻佻地说道:"这就对了,这样乖乖听话多好啊,你现在看起来好像刚刷完油漆似的光彩照人。估计你身上有些地方还是痛吧,今晚一定得仰睡才行,不过这也不妨碍我。"

我默不作声,没有回话,他伸手抓住我的胳膊:"喂!你这是什么态度。你这小野猫是不是活得不耐烦了？想要我从背后打你一顿吗？我可不会手下留情的。"说完,他挥动着另一只手作势吓唬我。

"对不起,我不是这个意思呢。"

"好吧,"施乐格西放开手,"那你现在就去柜台,再去弄些吃的,小心别再惹火我或霍威,你看看你在他脸上留下的伤。"

霍威仍坐在之前的那张桌子旁边,面前放着柜台的急救箱。他的右边太阳穴上已贴了块膏药。我恐惧地看了他一眼,然后赶紧走进柜台里去。施乐格西走过去,坐下来和霍威讲话,声音非常小,而且还不时用眼朝我这儿看。

我煎了蛋,冲了咖啡。闻到煎蛋和咖啡的香味,我这才觉得肚子饿了。自打这两人进门后,我就一直处在紧张和恐惧的状态中,连杯咖啡都没喝。再加上刚才狂吐不止,现在真是饥肠辘辘了。奇怪的是,刚才被痛打一顿,我反而有种解脱感。虽然身上痛得厉害,但是反而因为痛不去胡思乱想,心里平静下来了。虽然还是非常害怕,但现在一切也只能听天由命了。我现在只想吃东西,快速恢复体力,保留自己的小命。

所以,我也为自己做了一份炒蛋,冲了一杯咖啡,配上烤好的奶油吐司。先给他们送去后,我来到他们看不到的位置,好好坐下,津津有味地享受自己的那一份。然后,我拿出一支烟,等点上了火后,我才觉得自己又做了件蠢事,因为这样一来,会把他们的注意力又引到我身上,而且他们可能认为我已恢复了体力,怕我有反抗能力,会再打我一顿。不过美味的食物和满足的进餐——撒些盐巴和胡椒在蛋上,加些糖在咖啡里——这些事让我的心情好多了,似乎又回到了这两个恶魔来旅馆前的那段快乐、惬意的时光。我一口接一口地把煎蛋、熏肉、奶油吐司叉进嘴里,全神贯注地享受着嘴里的美食。这时,我才体会到俘虏在吃到祖国送来监狱的食物时,大概也是怀着这样满足的心情。我想在沙漠长途跋涉的旅人口渴难忍时看到水,或是即将淹死时被救起,应该也像我现在的心情一样吧。人为了生存下去所做的一切努力都是宝贵的。如果我这次能够大难不死,估计这辈子都忘不了这里发生的一切。以后我会感激自己呼吸的每一口新鲜空气,吃的每一口饭,每晚睡的温暖床垫,安全锁紧的大门后温馨的软床。想到这儿,我不禁感慨万千,感慨以前的自己不懂事。为什么我的父母还有宗教信仰没有教我这一切呢?现在我总算懂了,人只有在面临死亡时才会产生求生的欲望,要处于危险中才会明白生命的重要性,才能学会感激它。

我独自坐在柜台边,一面吃一面沉思,似乎又回到以往无忧无虑的生活,不知不觉中又掏出一根烟点上。

点上烟约一分钟后,他们的谈话声停住了,只有收音机传来的《维也纳森林传说》的轻柔音乐。紧接着,我听到了椅子被

The spy who loved me

拉开的声音,不由得紧张起来,赶快把香烟熄灭,扔进空咖啡杯里,站起来打开水龙头,把碟子放到金属洗碗槽里开始清洗。虽然没抬头,但我的眼角余光瞥到施乐格西从房间的另一头走了过来。他走到柜台边,靠在上面,我故作大吃一惊地抬头看他。他还是那副模样,嘴里嚼着一根牙签,在他丰厚的椭圆形的嘴唇上转来转去。他随手从之前放在柜台上的一盒舒洁牌纸巾盒里抽出几张纸巾,擤了擤鼻子,然后随便把纸丢在地板上。之后,他故作和蔼可亲的样子说道:"小甜心,都是因为你我才感冒的,为了找你,我在那湿漉漉的树林里走来走去。我这人最怕感冒,因为我有无毛症,全身一根毛都没有,就连鼻毛都没有一根,所以一感冒,鼻孔里就都是水,鼻涕会一直流个不停,非常难受。这都是你惹出来的祸,我这一感冒,这一盒卫生纸还不够我用一天。你到底有没有替我想过啊?你有没有考虑过我们这种连鼻毛都没有的人的痛苦呢?真是个浑蛋!"他似乎越说越生气,没有眉毛睫毛的眼睛里冒着怒火,"你们这些人就是这样,只顾自己,从不考虑别人。你们这些只会惹祸,只喜欢有钱人的女人去死吧。"

我听着收音机的广播,平静地说:"对于你的遭遇,我深感抱歉,难道你们对我的遭遇就没有任何同情吗?"我又加快了语速,加强了语气,连珠炮似的说,"你们为什么要来这儿?还殴打我?我有得罪你们吗?为什么不让我走?我向你们保证,你们放我走后,我不会向任何人提起你们一个字。我有些钱,可以给你一点,不过我的钱不多,最多可以给你两百块,因为我还要去佛罗里达。求求你们放我走吧!"

听了我的话后,施乐格西仰天狂笑,转过头对他的同伴说:"霍威,你别在那儿发呆了。这妞说,如果我们放了她,她就给我们两百块哪!"那瘦子光是轻轻耸了耸肩,没理他。施乐格西又望向我,表情变得冷漠无情,冷冷地说:"实话告诉你吧,你已经卷入这件事了,你还是主角呢! 你、霍威和我,还有桑吉内蒂老板,都等着看好戏呢,知道吗?"

"啊? 要发生什么事情? 你们到底想要怎么样?"

施乐格西冷冷地回答:"等到天亮你就知道了。天亮之前,你最好闭上那张喋喋不休的蠢嘴,你这些蠢话只会让我心烦意乱。我现在很想动一动。这音乐很优美,我们一起来跳个舞怎么样? 正好也可以让无聊的霍威欣赏一下,打发时间。然后我们就到房里关上门好好快活一番。快点,来吧。"他伸出两手,跟着音乐的节奏挥舞着手,跳了起来。

"对不起,我很累。"

施乐格西走到柜台,怒气冲冲地说:"废话少说,你就是个廉价的妓女。等着瞧,我等下会让你更累。"

话音刚落,他手里已亮出一根黑皮制的短棒,用力敲打柜台,敲得胶木台面上都是深深的凹痕。然后他又悄悄地绕过柜台,一面哼着曲子一面目不转睛地盯着我。我不由得逐步向后退,我知道这是我最后的抵抗了,无论如何都不能让他轻易得逞。于是,我拉开放餐具的抽屉,抓起一把刀叉,用力扔向他。他本能地躲避,但是由于反应不及时,还是被我丢过去的刀叉砸到了头部。他举手护住脸部,嘴里一边骂骂咧咧,一边往后退。我继续用力猛掷剩下的刀叉,但是他早已提高警惕,用手护住头部,刀叉打空,掉到了地上。这时,霍威眼看苗头不对,很快从房间另一侧跑过来。我拿着切肉刀向施乐格西冲过去,但是他看到了我,马上便躲到桌子下面了。看来他们两个都是打架高手,只见霍威不慌不忙地脱下上衣卷在左手腕上,然后他们俩分别举一把椅子,兵分两路向我冲过来。我用力挥刀猛砍过去,但刀从我手中不慎落下,我只好躲到柜台下面去。

施乐格西手里仍举着椅子冲了过来。于是,我赶快站在他对面,两只手里都拿着碟子,做出防备的姿态。瘦高个霍威则趁机迅速伸手越过柜台,扯住了我的头发。我紧张得赶快把两个碟子用力向他丢去,但只听到碟子落地的声音,都没打中。紧接着,霍威抓着我的头发把我的头压在柜台上,施乐格西则一下子骑在我的身上。

"干得好,霍威,你放开她,现在这猎物任凭我处置了。"

他强有力的臂膀用力将我抱起,紧紧揹着我。然后,他很粗鲁地把脸凑过来,要来吻我,同时用手把我颈前的拉链拉到腰际。

　　正在这紧急关头,前门的电铃发出尖锐的响声,我们三人都不约而同地望向门边。

第三部分 传奇再现

The spy who loved me

第十章 劫后余生

"真是扫兴,是哪个浑蛋?"施乐格西一边后退,一边把手插进皮夹克上衣的口袋里。

霍威首先反应过来了,冷冷地说道:"施乐格西,你躲到门后面去,没我命令不能开枪。至于你,"他转头对我说,"你不要露出这副鬼样子,你到门口去,好好表现,否则等着去见阎罗王吧,明白吗?当心我打死你。现在,去看看来人是谁,然后把之前你应付我们的那套话再说一遍,听到了吗?打起点精神,只要你按照我的吩咐去做,就不会受伤。赶快把拉链拉上,快点。"我伸出手要拉上拉链,谁知拉链好像勾住了衣服,拉不动了:"真是的!你现在用手把衣服开口拉紧,赶快出去,我会紧跟在你后面。你要是敢胡乱讲话,我直接从后面一枪毙了你,来的人也是一样。好了,快点出去。"

我的心兴奋得怦怦直跳,不管发生什么事,总算是有一缕生机了。来人开始砰砰大声敲门,我慢慢向门口走过去,拉紧上衣的开口。当我到门口时,施乐格西靠在门后,悄悄地打开锁,接下来就看我如何周旋了。我用左手扭动门把,然后右手松开上衣开口,快速解开门上的锁链。我听到背后传来轻声咒骂,感到枪口顶住背部,可我管不了那么多了,一下子拉开门,把躲在门后的施乐格西狠狠地摔到墙上。我不知道来人是警察还是公路巡警,但是我猜无论来人是谁他们俩大概不会马上就开枪。可我的猜测落空了,门外只站着一个人。

看了来人一眼后,我不禁从心底发出绝望的哀叹,因为来人似乎和屋里那俩家伙是同类,只不过表面上似乎比较安静稳重,但是脸上那凝重阴沉的神情跟那俩家伙不相上下。他的穿着打扮也像电影中流氓的穿着——黑蓝色制服,系有腰带的雨衣,头上柔软的黑色帽子狠往下拉,差不多遮住了眼睛。这人整体看起来风度翩翩,不过我感觉这人相当冷酷,而且左脸颊上依稀可看得出有些伤痕。我赶紧用手拉紧胸前的衣服。这时,来人突然绽露出笑容。

当他开口讲话时,我的心不禁兴奋起来。从他的口音来看,他应该是英国人。"你好,我的车子轮胎被扎破了(美国人就不会这样说,会直接说'轮胎没气了'),我在外面看到你们旅馆招牌说还有空房,所以我今晚要在这儿住一晚,可以吗?"他察觉到我的表情有点古怪,觉得事情有点不对劲。

我该怎么回答才好呢?这可真难,如果说错话,说不定我和他都会被杀掉。我只能按照霍威的交代说道:"非常抱歉,我们已经不营业了,那个说还有空房的招牌是弄错了。"但是我一面这么说,一面悄悄地弯曲放在胸前的手的食指,暗示他进来。对方被我的话和手势弄得莫名其妙,我灵机一动,暗示他说:"你的轮胎是不是破得很厉害,都开不到乔治湖了?"

"估计是没法子了,破胎后,我已经勉强开了一公里,现在恐怕连外胎都变形了。"

这时,我微微向后扭动了头,再一次暗示他进来:"好吧,反正现在旅馆里有两位保险公司的人,是老板派过来的,我先问问他们的意见,请您稍等片刻。"我再向他勾了勾手指头,然后转身往屋子里走了两步。为了防止他们忽然把门关起来,我靠着门边站着。这时,他俩把手插在口袋里,站在后面,没有像刚才那样虎视眈眈地看着我。这穿着雨衣的陌生人终于明白了我的意思,紧跟着进来了。当他看到那两个人时,脸上的表情瞬间变得更凝重了,但随即很快故作轻松地说:"你们好!相信你们也听到了刚才我和这位小姐的谈话,今晚让我住下好吗?"

施乐格西满怀蔑视地答道:"切,你这个英国人,难道你不知道自己现在在美国吗?"

霍威则直截了当地说:"不可以,你也听到这位小姐的话了,旅馆已经停止营业了。这样吧,我们可以帮你换个新轮胎,这样你就可以继续上路了。"

英国人抬头看看屋外天色,说道:"你看,现在天这么黑,我是要往南去,从格伦斯福尔斯过去,一路上肯定不会有什么可以住宿的地方了,所以今晚还是住在这里吧。毕竟我是看到有空房的招牌才进来的。"

"先生,我们已经说得很清楚了。"霍威的声音有些不客气,转头看着施乐格西说,"兄弟,这人说他的轮胎破了,我们俩干脆帮他换个新轮胎吧。"话音刚落地,他们就向门口走去。令我高兴的是英国人仍然站在原地,没有跟着走出去。

"我在奥尔巴尼有一些有头有脸的朋友,看样子你们想让旅馆的营业执照被取消是吧?你们的'内有空房'招牌明明还亮着,而且这屋子又灯火通明,我要投宿合情合理。我现在很累,只想找个房间好好睡一觉。"他转头看着我,"就要一间空房而已,有这么难吗?"

我赶快说:"没有没有,不是的,顶多一分钟我就可以整理一间空房。我相信桑吉内蒂老板一定也不愿意营业执照被吊销的。"我故意装傻,睁大眼睛看看那两个人。他们好像准备要掏枪了,但是霍威忽然走开,施乐格西紧随其后,随后两人小声

The spy who loved me

嘀咕了几句。我趁他们不注意,一直向那个英国人点头示意,哀求地看着他。这时,英国人似乎意识到情势不简单了,便朝我露出会心的、安抚的笑。

霍威回过头来说:"算了,我们就让你这个英国人在这住一晚,但是别再用你那有权有势的朋友来压我们了。我们也不怕的,因为我们老板在华盛顿也有几位有权势的朋友。关于空房的招牌,是我们的疏忽,所以就允许你在这里住一晚吧。不过你也别得意,现在这里由我们负责,一切是我们说了算。明白了吧?"

"没问题,一切听从你们的安排。非常谢谢你们,我现在去拿行李进来。"说着就往屋外走,我急忙说:"让我来帮你拿吧。"说着,我抢身跑了出去,边跑边抓紧胸前的衣服。穿着这种衣服,我觉得很羞耻,觉得这个英国人会认为我是个不三不四的人。可是不知怎的,走到屋外后,拉链就听话地拉上了。

英国人跟在我身后,我尽量不动嘴唇,我知道他们俩肯定有一人会跟出来监视的,所以只能轻微扯动嘴角说道:"谢谢你!太好了,要不是你来,我肯定死定了。不过你自己也要小心,他们是恶贯满盈的浑蛋,我不知道他们来这里的目的,反正肯定不是什么好事。刚才我试图逃跑时,他们开枪把我逼了回来。"

很快我们来到了他的车边。这是一辆深灰色的雷鸟牌双门汽车,奶油色的帆布车盖,非常漂亮精致,我不禁赞美了几句,他很客气地说,这车是租来的,"我看你挺喜欢这部车的,你可以到这边来看一下。"他边说着,边弯下腰打开行李箱,好像要找什么工具,然后小声问,"他们有没有什么武器?"

"有!"

"每个人有几把枪?"

"不知道。我只知道那个矮家伙枪法确实不错,可以说二十英尺内都百发百中,另一个我就不清楚了。"

他拉出一个黑色的小皮箱,放在地上,打开盖子,从里面的衣服下面掏出些东西放进口袋。然后又从箱子另一面,拿出块扁平的黑色东西。我一眼认出那是一个子弹匣。他很快拿走,砰的一声盖上盒盖。"子弹越多越好。"他小声嘀咕着,然后关上行李箱,站起身来。接着我们一起绕到车子后面,假装检查破掉的轮胎,他小声问我:"电话号码是多少?"

"电话线已经被剪断了。"

"安排我住进你隔壁房间。"

"那是肯定。我也是这样想的。"

"好了,我们走吧,无论他们做什么,或者说什么,你都要紧跟在我身边。"

"好的,谢谢你。"

他站起来莞尔一笑,说道:"等我们逃出去后,再谢我也不迟。"我们一起回到旅馆。施乐格西一直站在门口监视着我们,等我们一进去就马上关上门,然后又好像想起什么似的,伸手关掉了"内有空房"招牌的开关。"英国人,这是你的钥匙。"他边说边把钥匙丢到桌上。

这时,我拿起钥匙看了看号码,是四十号。这房间在左边最后一间,非常偏僻。我语气坚决地说:"让这位先生住在十号房间吧,就在我隔壁。"然后走到柜台前,准备去换一把钥匙,这时我才想起所有房间钥匙都在施乐格西手里了。

施乐格西马上跟过来,嬉皮笑脸地说:"不行,小甜心,我们根本不知道这个陌生人的来历,所以今晚我和霍威要分别住在你隔壁一左一右的房间来保护你。除了这个四十号房间的钥匙,其他都收起来了。"他又回头对着英国人说,"对了,英国佬,你叫什么名字?"

"邦德。我叫詹姆斯·邦德。"

"哟!名字听起来挺有气势的嘛!是从英国来的吗?"

"是的。你们的旅馆登记簿在哪儿?我还是照规矩登记,你一看就知道了。"

"哈哈,真是个聪明人,你是干什么的?"

"警察。"

施乐格西吃了一惊,嘴都合不拢了,他舔舔自己的嘴唇,缓解内心的惊讶,然后回头看着桌旁的霍威:"嗨!霍威,听到没有？这家伙是英国的警察,你见过英国警察吗?他们可都是穿着长筒橡胶靴的帅气家伙。"

霍威点点头:"我刚才就猜到了。管他是谁呢!反正我们又没做什么坏事。"

"是呀,你说得对。"施乐格西故意提高嗓门,然后回头看看邦德,说道,"你可别相信这妞儿的话,她常常说一堆没用的废话。我们是保险公司的人,来做资产评估。为旅馆老板桑吉内蒂先生做些事,他在特洛伊可是个举足轻重的大人物,这家旅馆就是他的。旅馆的经理梵沙夫妇跟老板说,旅馆丢失了现金,还有其他东西,所以他派我们来调查。但是当我们询问这位小姐时,她突然用碎冰锥砸我朋友的头,所以你还是小心点。"说着,他还指了指霍威的头,"你看到了吧?这么大一个青肿。所以你刚刚来时,我们才要限制她的行动。"说着,又回头看看霍威,"是不是这样,霍威?"

"是呀,本来就这样。"

这时,我已忍不住了,愤怒地说:"你们这两个满嘴谎言的骗子!"我跑到后门,用手指着已变形的门框和上面的子弹洞说,"我问你,这子弹洞是从哪儿来的?"

施乐格西哈哈大笑说:"我怎么会知道呢?"又转头看看霍威说,"你刚刚有见过子弹吗?"

"没有啊,从没见过。"霍威一副很不耐烦的样子,用手指着柜台说,"我倒是见过这位小姐拿着一堆刀叉扔向我朋友。"他慢慢转向我,"我说得对不对?不知什么地方还躺着你扔过来的切肉大菜刀呢。你等着瞧吧,等到天亮,警察可能会以暴力伤害罪逮捕你。"

"是你们暴力伤害我才对!"我愤怒不已地说,"我的那些举动,都是属于正当自卫。还有刚才你们说旅馆丢失现金的事,我也是头一次听到,这些事,你们自己心里有数。"

英国人这时插嘴:"哈!看样子,我正好来做个和事佬。不过旅客登记簿到底在哪儿呢?我要签名了。"

施乐格西赶快说:"旅客登记簿现在在老板那儿,所以不用登记了,住宿费也不用付了,因为我们已停止营业了,所以今晚你可以免费住一晚。"

"噢!太谢谢了,你们实在是太好了!"詹姆斯·邦德忽然转头对我说,"小姐,你能不能帮我弄个炒蛋、培根和咖啡?因为我现在肚子很饿,你要是给我些食材,我自己做也行。"

"哪里的话!"我边说边赶紧跑到厨房,"我很乐意为您服务。"

"谢谢你!"他背朝着施乐格西,慢慢踱步到柜台,坐在凳子上,把皮箱放在身旁。

我用眼角余光偷偷看去,施乐格西转身,很快走到霍威那儿,坐了下来,然后两人交头接耳地商量着什么。

詹姆斯·邦德转头撇向他们,然后站了起来,脱下雨衣和帽子放在衣箱上。我一边忙着烹饪,一边不断地注意他们的一举一动。英国人的视线停在柜台后面墙壁的一面长镜子上,我知道他在透过镜子暗地里观察那两个家伙。这英国人约有六英尺高,身材修长、健壮,古铜色的脸上有一双清澈的灰蓝色眼睛。这双锐利狭长的双眼看向那两个家伙时,眼神既沉静又机警,令他英俊潇洒的外表显得既冷酷无情又危险十足,所以当我第一眼看到他时便觉得很害怕。不过,自从我见过他的笑容后,感觉他的笑容很特别,很振奋人心,我以前从未在别的男人脸上见过这种笑容。他穿着柔软舒适的白色丝绸衬衫,松松地打着黑色细长的领带,但没有用领带夹;深蓝色的单排扣西装,好像是轻质羊驼毛料。现在他双臂交叉放在柜台上,露出一双结实修长的手。这时,我看到他从后袋里掏出一个很宽很细长的炮铜香烟盒来,然后咔嚓一声打开了。

"要不要来一根?免费赠送,估计待会只能抽切斯菲尔德牌香烟了。"他微笑着,嘴角微微下垂。

"不用了,谢谢你,我现在不方便,等煮好饭了再抽吧!"

"嗯,也对。可以告诉我你的芳名吗?你看起来像加拿大人。"

"对啊,我是从魁北克来的,不过我曾经在英国待了差不多五年。我叫薇薇安·米歇尔,我的朋友都叫我薇薇。"

The spy who loved me

"你怎么会到这儿呢？刚刚那两个浑蛋是我这么多年来见过的最无赖的流氓。而且听说特洛伊这个地方是出了名的流氓大本营。依我看那个瘦子好像刚从牢里出来,而且在里面待了很长时间。如果我猜错了,我愿意在你面前吃掉这顶帽子。另一个家伙就是个彻头彻尾的精神变态,而且是最恶心的那种。你怎么会碰到这两个家伙呢？"

我一边煮东西,一边简要地告诉他一切。因为时间不多,所以只能长话短说,拣要点说一说。他安静地听我说着,一言不发。虽然收音机仍在播着轻快的音乐,可那两人仍然安静地坐在那儿,暗暗盯着我们,所以我只能说得很小声。说完后,我又小声问他:"你真的是警察吗？"

"不是,不过我的工作和警察差不多。"

"是侦探吗？"

"嗯,可以说是其中的一种。"

"我也感觉出来了。"

他笑了:"怎么感觉出来的？"

"呃,我也不知道怎么说。不过你看起来让人有点害怕,而且我又看见你从箱子里拿出手枪和子弹,所以我就觉得……"讲到这,我忽然觉得有点尴尬,没有继续讲下去,转移了话题问他,"你是官方侦探？就是说听命于政府的那种？"

他露出一抹让人安心的笑容:"嗯,是的。别担心这个问题了,华盛顿有很多人认识我,要是我们这次能渡过难关,我会逮捕他们的。"他的目光又突然变冷,"他们实在是欺人太甚了,到时候我来替你报仇。"

"这么说,你相信我啦?"

"当然,每一字每一句都信,不过现在我还不知道这两人的目的,看起来他们认为自己可以为所欲为,而且很理直气壮似的。即便知道我是警察,他们还是一副满不在乎的样子。我实在看不下去了。对了,你知道他们喝酒、抽烟吗?"

"没有,他们既不喝酒也不抽烟。"

"这就对了,真正的流氓就是烟酒不沾。"

说话间,我做好了他的晚餐,端到柜台上,他似乎真的饿极了,拿起刀叉就狼吞虎咽地吃。我问他我的厨艺怎么样,他一直赞不绝口,我听了也跟着高兴。这人如天神般突然降临,碰到他我实在是太幸运了!这真的是一个奇迹,我今晚一定要破天荒地好好祷告感谢上帝。我像个女仆似的站在他身旁,一会儿给他斟满咖啡,一会儿帮他在吐司上涂果酱,弄得他啼笑皆非:"你这样子会把我宠坏的。对了,现在该是你抽烟的时候了,为了感谢你的美味大餐和贴心服务,我就把整盒烟通通给你吧。"我从烟盒里拿了一根,他凑上来用朗生牌包金的打火机给我点火。我的手无意中碰到他的手,全身好像触电一般。真是奇怪了,我为什么会发抖呢?我赶快收拾好他吃完的碟子,拿到厨房去洗,边洗边说:"我什么都不要,我很高兴你能来这儿,这真是奇迹。"说到后面我的声音都哽咽了,泪水也不争气地夺眶而出,我赶快用手背抹掉泪水,怕他看到。但是他好像看到了,却装作没看见的样子。

他笑着低声说:"哈哈,你确实运气不错,不过现在危险没过,我们还不能掉以轻心。这两人不走,我们最好也别走,看看他们到底要耍什么花招?你想不想知道我为什么会出现在这儿?也许再过一两天报上就会登出来了。不过,你可千万别告诉任何人有关我的事,可以吗?说起来挺无聊的,不过我必须照规矩行事,你明白吗?也许听听我的故事,你就不会么害怕了。我的故事可都是挺惊心动魄的哦。"

我充满感激地说:"那你赶快跟我说说吧。我发誓,绝不把你的事说出来!"

第十一章　邦德传奇

我靠在邦德背后水槽边的排水管上,这样可以方便和他小声说话。他递给我第二根烟,我没有要,他就自己抽起来。他从镜中盯着那两个家伙有好一会儿了,我也一直瞪眼看着他们。从镜中我们观察到,他俩已逐渐露出防备姿态和不动声色的敌意,面无表情且充满警觉。我开始有点担心了,他们看起来一副胸有成竹、胜券在握的表情,好像我们打不赢他们似的,而且他们有的是时间。不过詹姆斯·邦德却依然有说有笑,暗中评估他们的实力,似乎也胜券在握。这样反而令我更担心了,他没见过他俩的本事,不知他们的枪法是多么出神入化。如果刚才他们要杀我,可以说易如反掌,一枪就能崩掉我的头,

The spy who loved me

然后在我身上绑块石头,把我的尸体沉在湖里。这时詹姆斯·邦德开始说话了,我聚精会神地望着他的脸听他讲话,试图忘却那些噩梦般的猜想。

"在英国,"邦德开始说,"如果苏联的逃亡分子带了重要情报逃到英国来,他们总有固定的路线。以柏林为例来说,由于柏林离苏联很近,所以可以说是那些人逃亡的必经之路。那些逃过来的人,会先被带到总情报处去,接受彻底调查,此举主要是为了找出那些双重间谍——这些人会故意借口逃亡而潜伏到我方这儿,当我们渐渐放松警惕时,他们就伺机从我们这儿窥探机密情报,然后暗地里送回苏联。当然,逃亡来的人,还有三重间谍呢——他们本来是双重间谍,后来却改变了想法,反而为我方效力,会把些假情报送回苏联去。这些事,你听得懂吗?说起来其实就是一个复杂的游戏。现在的国际政治、外交也都是这样玩的。每个国家之间都在玩弄着各种政治游戏,设计各种骗局和进行各种权力的角斗,而且没人想停止,似乎成了一种狩猎本能。"

"嗯,我能理解你说的。照我看来,这些互争互斗都是不可理喻的蠢事,好像在玩古老的'攻击游戏'似的。不过我觉得我们需要更多像美国的约翰·肯尼迪那样的人物,这些事都是那些老古董做出来的,他们应该把世界交给没有战争情结的年轻人,这才是最好的解决方案。现在的世界就好像小孩打架一样幼稚混乱。石器时代的那一套东西早已经过时不适用了。"

他笑了,继续说道:"其实,我和你的想法一样,不过你可别到处宣扬你的意见,不然我们这种人就失业了,哈哈。我们还是继续吧,反正那些逃到柏林的人,要先通过调查,才能被送到英国。然后需要达成某种交易——这些人要提供苏联的重要情报,譬如火箭发射中心的位置,然后作为交换,英国会给他起个新名字,给一本英国护照和一栋位置隐蔽的漂亮房子。这些人最怕被发现,因为一旦被发现,就很容易被追杀,所以他们喜欢跑到加拿大、澳大利亚、新西兰或非洲等地。当他们透露出自己所知的所有情报后,才能到自己挑选的国家去。当地警察会有一个专门的接待委员会负责接待这类人,当然都是秘密进行的。接管他们后,会让他们以新的身份开始工作,像一般移民一样融入社会。大部分逃来的人都能过得很好。不过刚开始时,总会思乡心切,要克服很多困难才能安顿下来,好在这些接待委员会的人都在身边随叫随到,会尽量帮助他们。"

说到这儿,詹姆斯·邦德又点着了一根烟,接着说:"我说的这些事,苏联方面也差不多都知道。最机密的信息就是这些叛逃者的住址。有一个名叫鲍里斯的逃亡者,他到了加拿大后,在多伦多安顿下来了。这人很有价值,他是苏联喀琅施塔得海军基地的一流造船师,也是苏联核潜艇建造委员会的领军人物,后来他逃到了芬兰,再到斯德哥尔摩,我们便用飞机把他送到英国。苏联对背叛者通常不会予以置评,好像什么都没发生,可如果逃走的是重要人物,他们就会逮捕他的家人,然后送到西伯利亚去,以儆效尤。但苏联却没有这样对待鲍里斯,而是命令所有的特工机构尽快把他消灭掉。有个叫魔鬼党的秘密组织竟然打听出了他的住址。"

讲到这儿,詹姆斯·邦德一双锐利的眼睛瞟向屋里另一头的那两个家伙,不过他俩还没什么动静,只是坐在那儿看着我们,似乎在等些什么。他们到底在等什么呢?詹姆斯·邦德回过头后问我:"我会不会打扰到你?你累不累?"

"不,不会。你的这些故事这么扣人心弦,我怎么会累呢?刚才你说的'魔鬼党',我好像在哪儿看过,也许在报上看到过吧。"

"哦,估计你看过。这事发生还不到一年,当时发生了一起原子弹失窃一事,叫作'霹雳弹'行动,你应该记得吧!"说到这里,他望向远处说,"这是在巴哈马群岛发生的事。"

"啊!我看过这新闻,当时所有报纸都全幅版面大肆报道。但一开始我不大相信,好像惊险小说似的。不会你和这事也有关系吧?"

詹姆斯·邦德笑了笑说:"哈哈,是呀!不过我不是主角,是配角。我们没有肃清魔鬼党那一帮人,他们的头目逃掉了。

他们是一个独立的间谍网络,反正他们自称为'反间谍、恐怖主义、报复及勒索的特别专家'。他们开始行动,得知苏联想要鲍里斯的命,最后终于找到了鲍里斯的住址,至于怎么找到的我就不得而知了。反正这些人都消息灵通,神通广大的。当时驻在法国巴黎的克格勃最高长官,也就是苏联国家安全局的局长,悬赏十万英镑买鲍里斯的命,所以他们一得知消息,就马上告诉了那个局长。估计杀掉鲍里斯也是苏联政府授意的,因为紧接着加拿大警方就联系上我们了。加拿大警方有个政治保安处,他们和我们一直都有紧密联系。是他们告诉我们现在多伦多有个叫作霍斯特·乌尔曼的人,他是一名前盖世太保,问我们是否了解他的相关信息。他好像正和当地杀手交涉,说要是能杀了某个外国人的话,能得到一笔高达五万美元的赏金。我们认为这是苏联指使的暗杀鲍里斯的计划。"说到这儿,詹姆斯停顿了一下,又接着说,"我就是因为这件事被派到这里来的。"

接着他莞尔一笑,看着我说:"也许你开电视看看比较好。"

"哦!不用,我想听你继续讲。"

"多伦多不是很太平,是个治安混乱的城市。现在经常有帮派因为争夺地盘而大力火拼的现象,所以加拿大警方邀请伦敦警察厅的顶尖好手来帮忙。你应该在报纸上看到过这样的消息吧?被派来的刑警在芝加哥及底特律警方的大力配合下，成功地让一名很能干的年轻加拿大人潜入多伦多有名的黑帮团伙'梅凯尼克族'。这个加拿大间谍很快查出了乌尔曼的目的。于是，我和加拿大警方开始行动，发生了很多事，长话短说，总之就是鲍里斯确实是暗杀目标，而且梅凯尼克族在一星期前，也就是上个星期四接受了这份工作。不过乌尔曼就此销声匿迹，我们找不到他的任何蛛丝马迹了。我们现在只能从那名加拿大间谍那儿打听些消息，他打听到乌尔曼亲自带领梅凯尼克族集团中的三个神枪手来执行暗杀任务。他们一定会先到鲍里斯居住的公寓，进行正面攻击。只要带着冲锋枪从正门强行闯入，进行地毯式扫射，打中目标后赶快跑了就行了。他们肯定会选在午夜之前开始动手，梅凯尼克族这伙人一定会先派人监视鲍里斯的住宅，等他一回到家后，立即开始动手。

"所以，我们的任务除了要保护鲍里斯的人身安全以外，更重要的是抓住乌尔曼。我们已查清他是魔鬼党组织的人，我的工作任务之一就是见一个'魔鬼党'同谋就逮捕一个。当然，我们不愿让鲍里斯处于危险境地，但如果我们把他送到安全的地方，对方肯定不会出手，乌尔曼也不会出来。"说到这里，詹姆斯·邦德忽然露出一种古怪的笑容，"说起来挺尴尬的，当我看到鲍里斯的照片时，才发现自己和鲍里斯长得很像，身高年纪都差不多，就连肤色也很像，而且我们都把胡子剃得精光。所以我就坐了幽灵车,那是一种看不见车内的警用巡逻车,费了一天的工夫,来观察他的走路姿势和穿衣风格。于是,我提出一个非常危险的建议。等到杀手要动手的那天,我们就偷偷地把鲍里斯转移到别处,然后由我来代替他走那段下班回公寓的路。"

我不禁担心地说:"天哪!你为什么要冒这种险呢?如果那些人突然改变计划,你怎么办?或者是他们不袭击公寓,而是在路上暗算,或用定时炸弹炸死你,那你可就一命呜呼了。"

邦德无所谓地耸耸肩:"这些我们早就想到了,已经都有应对策略,所以才敢去冒这个险,而且这也是我的工作。"他微微一笑,"反正我现在好好地在你面前。不过当时走在街上心里真的很紧张,等进到公寓后我才没那么紧张了,因为早已有几个加拿大警察埋伏在鲍里斯公寓对面的房里。万事俱备,只等猎物跳进陷阱里来。当时我也曾想逃离公寓,埋伏在大楼的某个地方伺机行动,但是我知道对方谨慎狡诈,不会轻易上当的。我的预感没错,晚上十一点刚过,电话铃响了。我拿起话筒,电话那头一个男人说:'您是鲍里斯先生吗?''是的,请问您是哪位?'我尽量模仿鲍里斯的口音回答。'很抱歉这么晚打扰您,我是电话公司的员工,我们只是在例行检查电话线路,没什么事了,您早点休息吧!'我也回答了晚安,马上猜到这是来确认鲍里斯是否在家的电话。最后那一个小时,确实紧张极了,双方交战后肯定会有大量伤亡,即便我可能没有被子弹射中,但还是不想看到这样的场景发生。我带了两把手枪,那把大的能够一枪毙命。十一点五十分时,我已做好一切周全准备,紧贴在门后右边,只要乌尔曼或任何一个凶手突破警察们的防线,冲到这屋里来时,我就直接动手,让他们脑袋开花。时间一秒一秒地过去,我忽然听到好像有车停了下来,有几个人冲出车门,然后蹑手蹑脚地爬上楼梯。当时我真的有点后悔拒绝了加拿大警察派一个人跟我一起守门的请求。不过一守至少是五个多小时,两个人也不知道聊些什么,肯定很无聊,还不如我一个人单独行动比较好。钟表指针一直滴答滴答响着,我的心也紧张得怦怦直跳。当时钟指向十一点五十五分,我听到噔噔噔的橡胶底上楼声,现在终于等到最关键的时刻了。"

说到这里,詹姆斯·邦德停顿了一下,用手摸摸自己的脸,缓解紧张的情绪。然后,他又掏出一根烟点上,继续讲道:"我听到警队队长大声喊道:'警察!举起手来。'接着就响起一阵阵枪声。"他又露出笑容,"这时不知谁发出一声尖叫,应该是被机关枪打到了,接着听见队长说:'快点!抓住那家伙!'忽然,我身旁的门轰的一声被撞开了,有个男人冲了进来,屁股后面还紧紧别着一把冒烟的机关枪,眼睛迅速左右移动搜寻着室内,寻找鲍里斯。我马上意识到这人就是乌尔曼,前盖世太保。作为一名职业侦探,必须要有灵敏的职业嗅觉,可以迅速分辨出谁是德国人,谁是苏联人。我的职业敏感告诉我他就是乌尔曼,于是我瞄准他的手开了一枪,他手中的枪应声掉落。但这人绝非等闲之辈,只见他反应迅速,立刻从打开的门跳了出去。这扇门只是一块薄薄的门板,所以在我还没来得及开另一枪时,他就已经一溜烟逃走了,我只好迅速朝门板开枪,子弹在门板上画了个大 Z 字。我是跪下来扫射的,幸好我有先见之明,因为这时忽然有一颗子弹飞过我头顶。不过我的子弹射中了乌尔曼的左肩和右臀,他在门后倒了下来。警察忙着追捕其他人,从楼梯一直开始打到外面。这时,突然有个受伤的警察爬到门口,说:'我来帮你,好吗?'没想到乌尔曼还没死,顺着声音开了一枪,这警察就这样一枪被打死了。他这一开枪,让我知道了他的方位,我就顺着方位开了一枪,怕他还是没死,然后又跑到房间中央补了多枪。这时,剩下的警官都跑上楼来,一下把他摁倒在地,用救护车送到医院。但是他是个非常顽固倔强的人,口风很紧,在医院里警察无法从他口中套出任何消息,结果第二天早上,他就死了。"

说到这里,詹姆斯·邦德注视着我的眼睛,我可以从他的眼中看出他还沉浸在回忆中,他继续说:"我方两死一伤,对方失去了乌尔曼,一死两伤,不过那两个人伤势严重,估计也活不久了。打斗现场简直就是一片混乱。"他忽然显出很憔悴、疲惫的样子,又缓慢开口说,"这种事,我已经看太多了,等收拾好现

The spy who loved me

场的一片狼藉,处理好尸体后,我只想尽快离开那些地方。我们总部因加拿大骑警的帮忙,要我向华盛顿报告整个事情的来龙去脉,然后邀请美国警方协助清除梅凯尼克族黑帮组织。这时的'梅凯尼克族'组织已经遭受重挫,无力反击,所以加拿大骑警特搜部认为要继续跟踪这个组织,将其一举歼灭。我当然很赞成这计划,不过我告诉他们我不想坐飞机或火车去,喜欢自己开车去,这最少要三天以上,所以我就租了这部车,今早破晓时分出发。我开车很快,一切都挺顺利。没想到,晚上碰到这场暴风雨,然后就碰到了你。本来我以为车子可以开到乔治湖,然后今晚在那里落脚的,谁知正好看到这里还有空房的招牌,我就进来碰碰运气了。"他露出微笑,"也许冥冥之中都有定数,你在这儿正好碰上了麻烦,而上帝就通知我来这儿了,让我的轮胎在一英里外的地方被扎破,于是我就到了这儿。"他又露出笑容,忽然伸出手抓住我放在柜台上的手,说道,"你看这么多机缘巧合,这世上的事情真是巧妙啊。"

"不过你从早上一直开到现在,一定累坏了吧?"

"嗯,是啊。你真体贴,可以再帮我泡杯咖啡吗?"

于是,我端出咖啡壶,忙着泡咖啡,忙得不亦乐乎。这时,邦德打开随身皮箱,拿出一小瓶白色药丸,然后就着我端给他的咖啡服下了两粒药:"这药是苯丙胺,吃了它可以让我一晚上都保持苏醒,然后到了明天再好好大睡一觉。"说完后,他又望向镜子,"他们来了。"然后露出一抹让我安心的笑容,"你别担心,现在去睡一觉,今晚我会在这儿观察风吹草动。"

这时,收音机的音乐节目已快结束了,时间也将近午夜。

The spy who loved me

第十二章　杀机四伏

现在外面是黑漆漆一片,施乐格西从后门跑出去,霍威则慢慢地走向我们,然后全身靠在柜台边缘上:"好了,别再聊了,现在夜已经深了,该回房休息了。我得把电灯熄掉,我那朋友现在去仓库拿石油灯来应急。这可都是桑吉内蒂老板的吩咐,我们只是依令行事。"他的语气不疾不徐,听起来很友好,说得也合情合理。虽然不知他俩葫芦里在卖什么药,难道会因为邦德的出现而放弃吗?我觉得事情绝不会那么简单的。刚才听詹姆斯讲故事时忘却的烦恼,现在又一股脑儿地跑了出来。看来今晚我不得不在这两人的左右包夹下过一夜了。我一定要想办法,不能让这两人进来我的房间。但问题是,他们有备用钥匙,所以我只能依靠邦德来帮我了。

这时,邦德伸了个懒腰,打着哈欠说:"太好了!我终于可以美美地睡个觉了。今天开了一整天的车,明天还得继续赶路。你们也该去睡觉了,不过你们看起来好像心事重重的样子。"

"你说什么?再说一次看看!"霍威的眼光忽然变得很凶。

"看样子你们果真是有要事缠身啊。"邦德说。

"什么工作?你到底什么意思?"

"呵呵!你们不是说是保险公司的评估员吗?这旅馆可值不少钱,我估计至少五十万美元呢。不过我想问你们中哪位参加了保险?"

"不,我们都没有参加保险,桑吉内蒂老板一般不会为他的属下买保险。"

"哦!这么看来,你们老板对自己属下的能力都很有信心,他的属下肯定都是个中高手,难怪他这么有信心。对了,你们保险公司叫什么名字?"

"麦特勒保险公司。"霍威依然全身放松地靠在柜台上,可我看出他灰色的脸上已露出紧张的神色,"你干吗问这个问题呢?和你有什么关系?少在那儿含糊其词,有话直说。"

邦德看似漫不经心地说:"哦,没什么。听这位米歇尔小姐说这家旅馆的生意不太好,我猜这家旅馆应该也没有参加优质

The spy who loved me

旅馆联盟、假日旅馆同业会等等。如果没有参加这些组织的话,是很难扩大生意的,所以现在只能关门大吉,派你们来清点汤匙,关掉电器了。"詹姆斯露出同情的表情说,"这是我的想法,应该就是生意不好做所以想关门了。如果确实被我猜中的话,那还真是太可惜了,毕竟这旅馆装修大气上档次,而且地理位置又优越。"

霍威眼中又露出我之前看到过的那种恐怖的红光,他缓缓地说:"闭上你的臭嘴!我不想再听你这个英国佬胡说八道了,否则别怪我不客气了!你是在暗示说我们的行为触犯了法律吗?还是说我们在干什么坏事吗?"

"亲爱的霍洛威茨先生,你没必要这样就大动肝火呀。现在光大声嚷嚷是没用的啦。"詹姆斯咧嘴一笑说,"你看我连你们的行话都知道。"忽然,他的笑容消失了,"不仅如此,我还知道它打哪儿来的,现在你明白我在说什么了吧?"

我以为邦德的意思是说他们在使用黑帮、囚犯的用语,霍威大概也是这种感觉,起初他看起来吃了一惊,不过他很快控制住自己的愤怒,只说道:"哼!你这讨厌的家伙,要知道我这张脸在警局拍过照了,你们这些侦探警察都差不多,都喜欢故意东拉西扯地来套我们的话。我那朋友怎么还不回来啊?我实在困极了。"

然后我们慢慢向后门走去,但是忽然电灯熄灭了。詹姆斯和我停下了脚步,但是霍威好像在黑暗中仍看得见似的继续往前走。这时,施乐格西拿了两盏石油灯拐了过来,递给我们一盏。在黄色的灯光下,他那张无毛的脸看起来更显得阴森恐怖,笑嘻嘻地说:"希望今晚做个好梦吧!"

詹姆斯陪着我回到房间,进来后,立刻把门关上:"我们现在还不知道他们到底心怀什么鬼胎,不过现在首先要确认你能在这间房安全度过今晚。现在我们先检查一下。"说着,邦德拿着油灯仔细检查房间的所有角角落落,看看窗户有没有关好,门锁牢不牢,通风窗的大小等,然后满意地说:"其他都没有问题,只有门是个很大的安全隐患。你说他们有把备用钥匙是不是?看来这门要用楔子塞一下。等我走后,你把那张桌子移到门口,把门牢牢顶住。"说完后,他跑进浴室撕掉纸巾,然后弄湿,揉成一团团,然后从门底下一个个塞进去,又试着转了转门把,拉一下门,来确定纸团塞得紧不紧。虽然纸团卡住了门,但是如果用力撞门,这些纸团还是会松开掉下来,门还是会被撞开的。他只得把这些纸团全部拿出来,然后递给了我,接着伸手从腰间摸出一把短柄左轮手枪:"之前用过这种枪没?"

我告诉他,我年轻时用过长管二二口径的手枪,用来打兔子。

"噢!这是史密斯威森牌警用手枪,是个非常精准的厉害家伙。不过瞄准目标时,要瞄得低一点,像这样伸直手臂去扣扳机。"他比画了一下姿势，"最好不要去抓住它开枪。只要我听到开枪声，就会马上赶来。不要害怕，这房间的保护措施是非常周全的。这些窗户非常坚固，他们没法从窗户闯进来，除非他们能打破玻璃。"说完，他对我笑着说："你要相信设计旅馆的人，他肯定知道会有人想通过窗户闯进来，事先都做好了应对之策。那两个浑蛋应该不会在黑漆漆的晚上，透过窗户朝你开枪。不过为了以防万一，你最好别睡在床上。把床保持原状，然后把床垫和床单铺在房间角落，在那里睡，把枪放在枕头底下，用那张桌子顶住门，再把电视机放在桌边。只要有人想硬闯进来，电视机会立马掉下来，发出巨大的声响。这样你就直接朝着门把手附近开枪，因为那人肯定要站在那里转动把手。只要听到有人的号叫声，你就知道射到他了，明白了吗？"

虽然我嘴里回答明白了，尽量装得很轻松的样子，但是我还是很害怕，希望他可以留在这里过夜，可又说不出口，而且邦德看起来好像另有计划。

忽然，邦德靠过来，轻柔地吻我。这个动作是如此突然，吓了我一跳，我像个傻瓜似的站在那儿一动不动任他亲吻，然后他温柔地说道："对不起，薇薇，但我觉得你非常漂亮，穿着这件衣服是如此动人美丽，我从来没见过像你这样动人的天使。别再担心了，赶快去睡一会儿，我会随时注意你的房间动静，来保护你的。"

我紧紧地用手环绕住他的脖子,激烈地吻他的嘴唇:"你是我这辈子见过的最了不起的人!我非常开心能在这里遇见你,所以你自己也要多加小心。我之前见过他们的枪法,确实很厉害,一不小心就会没命的,一定不要让自己受伤,保护好自己!"

他又轻轻地吻我一下,放开我后,安慰我说:"别担心了,这种情况我已碰到过很多次了。乖乖听我的话,赶快去睡一下。"话音刚落,他就转身走了出去。

我站在原地,看着他随手关上了门。然后转身去洗澡间刷了牙,准备铺床睡觉。刷完牙后,我站在那里看着镜子里的自己,真是一脸狼狈,卸了妆的脸上看得到非常明显的黑眼圈,整个就是个熊猫眼。唉!今天真是倒霉,这霉运什么时候才能结束呢?无论如何,我都不能让邦德离开我。虽然我心里也明白,往后的日子里,他还得孤身一人继续他的事业,我也要继续我的单身旅行。在我看来,他就是风一般的浪子,没有任何女人可以真正留住他的心,将来也不会有。他是一个享受孤独的人,不会轻易把心事告诉别人,而且很讨厌和女人纠缠不清。想到这里,我不由得叹了一口气。不管怎样,我都会放手的,绝对不会因为他的离开而哭泣,以后也不会哭泣。因为经历过这么多风风雨雨,我绝不会再轻易交出自己的心。唉!我真是个傻瓜,一只不折不扣的昏头鹅。我不能再像没见过什么世面的少女一样了。想到这儿,我猛地甩甩头,走回了卧室,赶快收拾

The spy who loved me

起床铺来。

外面仍在呼呼呼地刮着大风,松树枝被风吹得激烈地敲打着屋后的窗户,沙沙作响。天空中飘浮着云朵,月亮在云层里时隐时现,盈盈月光透过薄薄的红色窗帘洒进屋里,照亮了房间前后的两个玻璃窗。当月亮又躲进云里时,房间里又变得一片漆黑,只有石油灯散发的微弱黄色光线。电灯都被关后,房间的角落一片黑暗,我感觉这时的房间就像恐怖电影场景一般,就等着导演喊"卡",等着导演的指令行事。我尽量让自己不要紧张,然后把耳朵贴在左右两边的墙壁上听听两边的动静,但是由于中间还有个停车场,所以什么也听不到。于是,我先悄悄打开门,探头看看走廊四周。八号和十号房有灯光从门缝里露出来,望向最左边的詹姆斯住的四十号房间,也有灯光露出来。四周一片寂静,没有任何动静,万籁俱寂。我赶快缩回头,小心关上门,锁好,然后站在房中央看看四方,按照邦德的吩咐,做好一切准备工作。我突然想起今天曾发誓要祈祷,于是跪在地毯上,开始感谢上帝,并请他指引我们渡过难关。然后我吃了两颗阿司匹林,熄掉灯,还把玻璃灯罩擦干净拿下来,以免发生意外。然后走到房间角落铺好的床上,拉开上衣的拉链,松开鞋带但没有脱掉鞋,方便到时候逃跑,然后整个人钻进毛毯里睡觉去了。

我从未服过阿司匹林或其他任何药。仔细阅读完使用说明后,我从随身携带的小急救箱里拿出药开始服用。这些药都是我为了旅行而事先准备的,放在小急救箱里。我真的很累了,可以说是精疲力竭了,吃了药后,很快就进入蒙眬的状态。在那儿,没有危险,黑暗中似乎看到了邦德帅气的脸,我实在不敢相信世上真的存在这样优秀的男人!想起他拿打火机的手第一次碰到我的手,还有刚才那个甜蜜的吻,慢慢陷入半睡半醒的睡眠状态。忽然,我想起了他给我的手枪,马上伸手去摸枕头下面。枪在枕下好好放着,我安下心来了,很快进入甜甜的梦乡中。

醒来后,我还是有点迷迷糊糊的,想着自己身在哪儿。外面的风似乎暂时平息了,四周一片寂静,朦胧中我发觉自己是仰卧着,这惊醒了我!我又躺了一下,看着对面墙上那块红色的高高悬挂的方形东西。月光又隐到云儿后面去了,房间里一片死寂。我还是没完全清醒过来,有点昏沉沉的,我翻个身,闭上眼睛想再睡一会儿。可是忽然觉得屋里似乎有些不对劲,我强迫自己再睁开眼。揉揉眼睛,迷糊了好一阵,才看清楚一切:一束微弱的细光从对面的衣柜门缝里射出来!

我应该是没有关好衣柜门,所以里面的自动感应灯没有自动熄灭。于是,我很不愿意地从地铺上爬起来,才走了两三步,猛然想起这衣柜里是没有电的,因为昨晚临睡前电源已经全部断掉了。

The spy who loved me

我猛地打了一个激灵,不由得用手掩住嘴,差点尖叫出来,然后赶快转身去拿手枪。这时,衣柜门忽然被撞开了,施乐格西曲着身子从里面跳了出来,手里还拿着一把手电筒,另一只手拎着不知什么东西,向我猛扑过来。我觉得自己尖叫了一声,但也许只是我的幻觉。紧接着,耳旁似乎听到一种爆炸的声音。我还没反应过来,就已经趴倒在地上,陷入无尽的黑暗中了。

我感觉到不可思议的热,而且好像有人拖着我的脚在跑。过了一会儿,我好像闻到一股烧焦的气味,接着眼前一片火光。我想大声尖叫,嘴巴却不听使唤,只发出野兽般的呢喃声。我本能地想挣脱双脚,可是却有双手牢固地抓着我的脚踝,然后把我的身体砰的一声撞在地上,头撞得很痛,眼冒金星。这时,我才知道自己被拖在潮湿的草坪上往树林中走去。突然,我的脚被放下来了,一个人跪在我身旁,一双结实有力的手捂着我的嘴,詹姆斯·邦德的声音在我耳边响起:"别出声!安静地躺着,不用担心,是我!"

谢天谢地,是詹姆斯。

我伸出一只手攀住他的肩膀,吓了一跳,他的肩膀光溜溜的,没穿衣服。我拍了拍他的肩膀,表示让他放心,然后他放开了手,低声说:"你就在这儿等我,不要随便乱走,我过一会儿就回来。"说完后,又悄无声息地离开了。

他很快地离开,好像对所发生的一切满不在乎。我听到后方巨大的轰鸣声,转头望去,发现背后有熊熊火焰在噼里啪啦地燃烧着,红色的光一直照进树林里来。我小心翼翼地爬了起来,痛苦地转过头,惊讶地发现整个旅馆都处在激烈的火舌中,熊熊火焰一直燃烧到我的右边。天哪!是邦德把我从危险里救出来的。我不由得赶紧摸摸身体,再伸手摸摸头,看头发有没有给烧光。感谢上帝,毫发未损,只有后脑勺的青肿隐隐发痛而已。过了一会儿,我站起身来,极力回想刚才到底发生了什么事情。但是除了记得被打昏外,什么事都想不起来了。所以肯定是他们在旅馆放火,詹姆斯及时把我救了出来,然后把我拖进树林里。

过了一会儿,我听到树叶沙沙作响,是邦德回来了。他没穿衬衫也没穿外套,在火光的照耀下,我看见他满身都是汗,胸前还系着背带,枪口朝上挂在左腋窝前面。他的表情既紧张又兴奋,视线不断扫视着四周,脸上有几道被烟熏出来的黑印,头发乱蓬蓬的,乍看之下像个海盗似的,有点吓人。

他一脸严肃,朝着火焰的方向点了点头,说:"那就是他们的目的,为了不菲的保险费,故意放火把这间旅馆烧光。为了要让火蔓延到大堂那一带的屋子,凡是有屋顶的走廊,他们都撒了些含铝的助燃粉。对于他们这种十恶不赦的浑蛋,我不能坐视不管,不过如果现在就去收拾他们,虽然可以挽救桑吉内蒂先生的财产,但是没有足够的证据让他们锒铛入狱,那样实在是太便宜了他们。如果我们去做证,这两个浑蛋绝对拿不到一分钱的,而且会锒铛入狱。所以我们要再等等,让他们彻底身败名裂。"

这时,我忽然想起自己心爱的摩托车来,虚弱地说道:"哎呀!能不能救救我那辆摩托车?"

"放心吧,你损失的只有那件丢在洗澡间的衣服。我把你救出来时,已经顺手把那把手枪和你的行李袋也带出来了。而且也及时救出了你那辆看起来还不错的车,把所有东西都搬到树林里来了。停车场两边都是石壁,火焰要到最后才能蔓延到那儿。那两个家伙在每个房间都投了燃烧弹。这东西比石油更好,体积小不说,而且燃烧后不会留下痕迹,所以保险公司派人来调查也查不出来。"

"可是你一定被烧到了吧?"

他笑了,牙齿在黑暗里显得更加洁白。"所以我干脆把上衣给脱掉了。要是在华盛顿的话,我一定得衣着整齐大方才行。"

他幽默地说着,可我一点也笑不出来,心里惦记着他的伤势。"那你的衬衫在哪儿了?"

说话间,突然传来砰的一声,火星从那一排熊熊燃烧的客房上飞溅下来,发出巨大的声响。詹姆斯说:"哎呀!我的衬衫也完蛋了,估计整个屋顶都被炸得掉下去了。"他停顿了一下,用手去揩揩乌黑的脸,却没想到把脸抹得更黑了,"我已经猜到可能会发生这种事情,我应该准备更充分才行。如果先把车子拖到外面换好轮胎的话,只要绕过旅馆后面,到我停车的地方就可以马上飞奔而去了,然后逃到乔治湖或格伦斯福尔斯,报警让警察过来收拾他们。不过当时我想,如果我真的去修车,他们就会用这个借口把我赶出去。而且如果我干脆告诉他们,要带着你一起走,就很可能和他们发生正面冲突。如果我能抢得先机,就可以一枪毙掉这两个浑蛋。但是如果我受伤,你也逃不掉了,又回到我来之前的噩梦当中,所以我就没那么做。说起来,你是他们计划中不可或缺的重要棋子。"

"关于这一点,我也有些感觉,虽然我不知道原因,但是从他们对我的态度就可以知道我是无关紧要、可以随时牺牲掉的棋子。但是我不明白他们要怎么利用我。"

"到时候警察来的时候,他们肯定要向你调查起火的原因。桑吉内蒂先生要从管理员梵沙夫妇那里获得证据,这对梵沙夫妇肯定也是主谋之一,他们到时候肯定指认是因你起火的。"邦德这样分析道。

听了后,我终于恍然大悟了。我想起梵沙夫妇离开的前一天,对我的态度突然转变了,对我颐指气使,一副趾高气扬的样子,好像把我当成随时可扔掉的笨蛋似的。看到我若有所悟的表情后,邦德继续说:"他们这些人都是一丘之貉,肯定一口咬定说由于旅馆要停业了,所以告诉你把所有电源关掉,然后在最后一晚使用石油灯,这样听起来也合情合理。然后他们就告诉警察,说你一直点着石油灯睡觉,没有熄掉,睡着后,不小心踢到打翻了或者其他什么理由引起了这场火灾,烧掉了整个旅馆。而且,为了避免引起警察的怀疑,他们肯定还会在现场留下石油灯的残留物什么的。这样,责任就栽在你头上了。他们肯定还会说旅馆里有很多易燃的木材,而且今晚的风势很大,所以火越烧越大,把旅馆烧个精光。说不定我的尸体也会在火灾现场被找到,至少我的车子、手表等金属物体会被找出来。我不知道他们到时候会怎么向警察解释我的手枪和你枕头下的手枪,因为这些枪肯定会给他们带来麻烦的。如果警察向加拿大那边确认车子,向英国方面核查枪号,最后肯定能查出这手枪是我的,识别出我的身份。至于你枕头下的那把枪,警察开始大概会认为我们俩是情侣,不过也不对,如果我们是情侣,我俩的房间怎么可能会离得这么远。所以警察最可能的想法就是认为我们非常洁身自好,为了避嫌住得很远,但是我担心你一个女孩家孤身一人在夜晚的安全,所以给了你一支我的手枪。当然警察会真正作何感想,我并不知道,这只是我自己的一些猜想。不过那两个坏蛋既然已经知道我是警官,所以他们一定猜到我有手枪或其他一些烧不毁的装备,因此等几个小时火灭后,他们肯定会返回去小心翼翼地从灰里搜出这些物品,然后擦去脚印。反正他们是职业杀手,肯定知道怎么瞒天过海的。"说到这,他嘴角紧抿,突然又想到什么似的,继续说道,"反正我从他们的行为举止来看,应该是非常专业的人。"

"那他们为什么不把你杀了呢?"

"本来是想杀的,或许他们以为已经杀了我了。我昨晚从你房间出来回到我的房间时,已猜到他们如果要对你有什么不轨,一定会先把我解决掉。于是我在床上草草做成一个人形玩偶,用毛毯盖好,从远处看确实像个真人。我以前也做过几次,所以技术还是不错的。不过,要在床上光做个人形还是不行的,除了用枕头、毛巾和毛毯做出个人形后,还要在枕头上装一些头发样的东西才行。于是,我摘了些松针,放在枕头上,用被子盖着,然后还在床边的椅背上挂上我的衬衫,这样别人看到这衬衫,才会相信我躺在床上。我尽量拨小油灯的火,把灯靠近床边,让那昏暗的灯光照射假人,方便他们到时候射到假人身上,以为我死了。房门下也用些东西塞住,还随便拿把椅子,用椅背顶住门,这样让他们以为我还是很戒备,做了一些防御措施。然后,我带着手提箱跳到窗外,从外面把窗户关紧,从旅馆后面绕行,跑进树林躲起来等待。"说到这儿,詹姆斯不由得苦笑起来,"差不多一个小时后,他们开始蹑手蹑脚地行动了,几乎听不见任何声音。后来,我听到了砰的一声房门被打开的声音，接着是乒乒乓乓两声，非常轻——他们肯定装了消音器。然后定睛一看，我就发现整个旅馆内部燃烧起来了。很明显，这是用了含铝的燃烧弹。我本来觉得自己已经道高一尺，没想到他们魔高一丈。然后我赶快撒腿就往你房间跑去，花了差不多五分钟时间。不过我并不十分担心，因为他们也要花这么多时间才能进去你的房间。同时我也一直注意你的枪声，只要一听到我马上闯进来。但是我们还是忽略了一个问题。我听你说施乐格西之前从后门出去检查房间，其实他们早已计划好，他用一把丁字斧在你房间衣柜后面的墙壁打一个洞，只等着晚上用把小刀在糊墙纸板上割个大洞就大功告成了，一切都神不知鬼不觉的。至于他有没有把那些挖下来的石头放回去，我就无从得知了。当然他也没有必要再把它们放回去，因为他也知道我们两人中，没人会到八号房的停车场去。即使你单独一个人去，他们也有办法制服你，让你离开那里。这时，我看到你屋里轰的一声燃烧起来，赶快跑向你的房间，从停车场墙壁的那个洞里跳了进去，然后我又听到那两个人在走廊走动，把每个房间门都打开，扔颗燃烧弹进去，又小心把门关好，不留下任何蛛丝马迹，以免日后被警察怀疑。"詹姆斯一面说一面不时望向旅馆那一带的火势，然后说道，"薇薇，他们还在继续纵火，我要过去看看了。你身体还好吗？能不能活动？头现在怎么样了？"

我有点不情愿地回答："没事,我现在好多了。不过詹姆斯,你为什么还要回去杀他们呢?让他们逃跑也没什么大不了吧?要是你受伤了怎么办?"

詹姆斯语气坚定地说:"亲爱的,我们俩差点都死在他们手里,而且一旦他们发现你的摩托车不见了,就会起疑心,找到树林这边来。到时候我们反而失去了先发制人的机会。所以我绝对不能让这两个浑蛋逍遥法外,他们都是些杀人放火的坏蛋,如果今天不除掉,明天不知道又到哪里杀人越货去了。"他又笑着说道,"何况他们还烧掉了我一件衬衫。"

"好,但是必要时,你一定要让我帮忙。"我伸出手,紧紧抓住他的手说,"你千万要小心,我不能失去你,我不想再孤孤单单一个人了。"

他把手缩了回去,用几乎冷淡的口气说:"不要再拉着我的手了,你要乖乖的,我必须要做这件事,这是我的工作。"说完后,他把之前给我的那把史密斯威森牌手枪又递给我,吩咐道,"你现在赶快在这片树林里一直跑到三号房的停车场那儿,那个地方比较黑,你待在那儿不会被他们发现。万一我需要帮手,就去那里找你。如果你听到我叫你的声音,就赶快来,如果我遭到了不测,你就沿着湖畔逃跑,能跑多远跑多远。旅馆今晚发生了火灾,明天一早会有很多警察来调查,到时候你再悄悄折返,和警察联络。我想警察会相信你的说辞的。如果不相信,你就打电话给华盛顿中央情报局,你只要说出我的名字,他们就会相信你的。我们组织里的每一个人都有自己的代号,我的是007,你一定要谨记在心。"

第十三章　生死之战

只要告诉他们我的名字就够了,他为什么要这么说呢？今晚的事,到底是神的安排还是命运的安排？到底是谁在主导这一切呢？难道还有什么厄运等着我们吗？这种不祥的感觉就像声波一样无形无声,深深侵入我们的意识里,好像真的会有厄运发生一样。到底是上帝还是命运的安排呢？我也说不清。我只知道人们越想到"死"这个字,越会钻进牛角尖里,所以最好的方法就是尽量不要去想,不然会让我真的以为死亡会降临。虽然这些都是一派胡言,但是我是从库尔特身上学到了这一套东西,他脑中总是充满了宇宙反应、生命力密码以及其他那些德国神秘主义的似是而非的东西,所以我不知不觉中也开始相信这些似是而非的东西,就好像说这话的人可以支配这世界一般。

当然,詹姆斯说这些话时,交叉着手指,尽量显得很轻松。就好像欧洲的滑雪者在参加障碍滑雪赛或速降赛之前,总会对朋友们说:"我会把脖子和脚跌断了再回来的。"他们故意这样说反话来避免意外的发生,从而祈求好运。詹姆斯是英国人,所以才故意用这种反话来激励我吧!但是,我却不愿意看到这样的事。也许他以打架、挫敌、与罪犯斗智斗勇为生,这才是他的人生。可我不一样,我有一颗更关怀别人、更同情别人的心。

我在黑暗中向预定方向慢慢走去,尽量利用火焰的光作为掩护。边走边想,他现在会在哪里呢?是否足够机警呢?那两个浑蛋在做什么呢?会不会轻易露出破绽呢?那两个浑蛋是不是早已埋伏好在等着他呢?会不会突然发出枪声和尖叫声呢?

我终于到达了三号房的停车场,确实一片漆黑,我只能用手摸着粗糙的石壁,沿着石壁慢慢向前挪动。差不多快到时,我更加小心翼翼了,到了最里面的拐角处,然后悄悄探出头来,观察四周的情况。四周静悄悄的,连个人影都没有,火焰在风中被吹得更旺盛了。旅馆后面的几棵树,受到了大火的烧烤,不断地冒着火星,枯萎的树枝都唰唰唰地被大风吹落,掉在了黑暗中。如果今晚没有下那场雨的话,这火可能会一发不可收拾,蔓延到树林中去。真是这样的话,我可能就真的伴着一盏破碎的油灯,死在美国这个异乡之地了!现在风还在吹,看样子这场火暂时不会结束。不知道火势会蔓延到哪里呢?十英里?二十英里?呵呵,我这个来自魁北克的小妞到底有多大能耐,可以破坏多少树木,伤害多少鸟儿和其他动物呢?

这时,另一间客房的屋顶啪的一声掉下来了,橙色的火花星子瞬间四处飞溅。紧接着,我又听到了大厅屋顶的木材噼里啪啦的激烈燃烧声音,木材已经烧得差不多了,中间已经慢慢凹了下去,然后倒了下去。越来越多的火星冒向天空,被风吹到天空中浮动着,飘忽不定。这时借着火光,我瞧见路边有两辆车,一辆是灰色的雷鸟,另一辆则是黑色闪亮的轿车。不过既没看到那两个坏蛋,也没看到詹姆斯的影子。

这时,我忽然记起我把时间都忘了,赶紧看看手表,深夜两点,算起来从事情发生到现在总共还不到五个小时,但对我来说,却好像已过了好几个星期了。以前的生活,恍如隔世,就连昨晚他们没来之前,我坐在椅子上,沉浸在往事中时,现在也似乎记不起来了。似乎瞬间被抹除了所有的记忆,只剩下恐惧、痛苦和不安,一切都是突如其来,就好像所坐的船遇到了海难,或者是所坐的飞机或火车刚好发生了空难和车祸,或者是突然发生了地震和飓风。反正当一个人忽然遇到这些意外时,真的会非常恐惧、万念俱灰的。一切都陷入了完全的黑暗当中,让

The spy who loved me

人没有空闲去考虑过去或将来,只能得过且过,多活一秒算一秒,仿佛每一秒就是你生命中的最后一秒,再没有其他的时间和事情,只剩下现在。

我不停地胡思乱想,忽然看到那两个人从草地那儿向我走过来,每人手里都抱着个大箱子,似乎是电视机。他们肯定打算拿电视去卖,赚点车马费吧。这两人肩并肩地走着,一个瘦巴巴,一个矮胖些,在火焰的照耀下,满脸都是汗渍。当他们正走上那条烧得黑漆漆的通向大厅的走廊时,走得非常快,边走边抬头往上看,好像怕仍在燃烧的屋顶突然塌下来似的。对了,我忽然想起来,詹姆斯到哪儿去了?现在他们双手都抱着东西,可是解决掉他们的绝好机会呢。

就在离我只有二十码的地方,他俩突然改变方向朝轿车走去。为了避免被他们发现,我赶快缩回身体,躲在停车场的黑暗拐角里,心里一直担心不已,詹姆斯怎么还不回来呢?要不我一个人从背后偷袭他们吧。还是别犯傻了,万一没击中,我肯定也击不中,到时候我这条小命可就没了。我又担心,万一他们突然回过头,看到我怎么办呢?我这身白衣在黑暗中很显眼。想到这儿,我不禁又往后退了几步。现在他俩正沿着还没完全烧光的大厅北墙行走,他们的步伐很快,如果他俩拐过墙角,我们将会错失良机!

就在这时,他俩突然停住了,因为詹姆斯从对面走来,手中的枪瞄准他们。他大声地叫喊着,就像皮鞭划过草坪的声音一样:"好了,到此为止,转过身去,谁先把电视机放在地上谁先丧命,知道吗?"这两人缓慢地转身,刚好面向我的藏身之处。这时传来詹姆斯叫我的声音:"出来,薇薇,我现在需要帮手了。"

我马上从腰带上拔出沉重的左轮手枪,迅速踏着草地跑过去。距离他们约十码时,詹姆斯说:"就停在那儿,薇薇!我等下告诉你接下来怎么做。"我只好站立不动。那两张邪恶的脸狠狠地瞪着我,但是霍威由于吃惊过度和紧张,反而露出很不自然的笑容。施乐格西则嘴里叽里咕噜地好一顿咒骂。我故意用枪指向他的肚子,他肚子前遮着台电视机,我大声叫道:"闭上你的臭嘴,否则我一枪毙了你。"

施乐格西发出不屑一顾的笑容:"就你那身手啊,到时候不知道击中的人是你自己还是别人呢!我看你也没胆开枪吧。"

詹姆斯说:"废话少说,否则我就打烂你那颗难看的头。薇薇,我们现在要收走他们身上的枪支。你现在绕到霍威的身后,用枪口顶住他的背,另一只手搜查腋窝下面。这工作虽很有难度,但是不做不行。如果发现了枪就马上告诉我,我再告诉你下一步该怎么做。别紧张,我会盯着另外一个人,只要霍威敢动一下,就立马把他打死。"

我按照他的吩咐,绕到霍威的身后,赶快用枪顶住他的背,然后伸出左手先摸他的右腋。然后我闻到一股令人作呕的臭味,我感到自己的手在发抖,霍威也感觉到了。于是,他忽然一下子丢开电视,像条蛇一样转过头,拍掉我手中的枪,然后抓住了我的手。

詹姆斯·邦德见势不妙,立即开了一枪,子弹从我身边掠过。我拼命踢他抓他,用力挣扎,但他就像尊石像似的动也不动。他逐渐用力紧抓我,我感到越来越痛,然后他用沙哑的声音叫道:"哈哈!英国佬,看你现在能怎么样,你是不是不想让这小妞活命了?"

我感到他的一只手松开了我,大概想要去掏枪,我立即趁机再次用力挣扎。

詹姆斯厉声说道:"薇薇,把你的两腿分开。"

我像机器似的立刻分开腿,接着听见枪响,随后听见霍威不停咒骂,狠狠地推开了我。同时我听到身后传来巨大的声响,猛地一回头,我看到就在邦德开枪的同时,施乐格西把电视机举过头顶,用力向詹姆斯·邦德砸过去,正好砸到詹姆斯的脸,让他的身体失去了平衡。

这时,施乐格西大声喊着:"快跑呀!霍威!"我马上拾起地上的手枪,卧在草地上,胡乱向施乐格西射击,虽然没能命中,但是他赶快拼命朝旅馆方向跑去,拐来拐去逃避子弹,好像踢足球似的。霍威则仓促地跟在后面,拼命追赶施乐格西。我再开了一枪,可反震力太大,又是没有打中。很快他们都跑到了子弹打不到的地方,我看到施乐格西消失在一号房那边。我急忙站起来,跑到詹姆斯·邦德身边。他跪倒在草地上,一只手压着头。我来到他身边后,他拿开手查看伤势,发际线下面有一道裂痕。我没有说一句话,而是跑到大厅最近的房间那里,用枪柄打破一个房间的玻璃。一股热气突然喷出来,但已经没有火焰,我知道在这窗户下的桌子上有那两个坏蛋用的急救箱。这时我听到了邦德的叫声,可是我已经爬到了窗台上,为了防止被烟雾噎住,我屏住呼吸,赶快拿到急救箱后跳了出来。屋里的烟雾把我的眼睛熏得火辣辣地痛。我先将伤口消毒,然后拿出一支很大的消炎膏给他涂上,然后贴上创可贴。伤口并不太深,不过已经高高地肿起来了。詹姆斯低声说:"对不起,薇薇,我刚刚把事情搞砸了。"

我也觉得他刚刚其实可以一枪打死他们的,我说:"你怎么不马上开枪打死他们呢?那时他们手里搬着电视机,犹如笼中困兽,那是干掉他们的最好机会。"

他有点懊悔地说:"那样太残忍了,我办不到。不过至少应先打伤他们的脚,这样就好办些,刚才他们只是受了擦伤而已。"

我说:"还好你的也只是擦伤,不过施乐格西为什么不杀了你?"

"说实话,我也觉得奇怪。看样子他们是把一号房当作大本营,估计他们在纵火时,把武器留在一号房了,毕竟在火场带着子弹到处走是非常危险的。反正,现在已经正式开战了,我们还有好多事情要做。现在最要紧的是注意他们的车子,他们肯定想从这儿逃跑。或许他们更希望在离开前把我们给干掉。现在他们被困住了,肯定会狗急跳墙,用尽一切力气来反击。"

我把伤口包扎好后,詹姆斯·邦德站起来一直盯着一号房,然后说:"我们还是藏起来吧,那边估计放了其他武器,霍威脚上的伤也快包扎好了。"忽然他抓着我的手说,"快跑!"这时,从右方传来打破玻璃的声音,还有机关枪震耳欲聋的咔嗒咔嗒声,许多子弹打向大厅方向。

詹姆斯·邦德无奈笑道:"对不起,薇薇,我又让你受苦了,我今晚不够机敏,我本应提高警惕,做得更好才行。"停顿了一下,他又说,"我们现在要好好想一下应对之策了。"这一分钟似乎有一世纪那么长,由于大厅那边不断辐射过来的热气,我不知不觉已满身大汗了。现在除了北墙,以及我们刚才藏身的前门后面外,其他地方都在燃烧。风向是朝南的,所以这道石壁暂时还能维持一段时间。大部分客房都着了火,最先起火的那块空地,火焰和喷出来的火星已逐渐减少。我在想这场火这么大,估计几公里以外都能看得见,甚至乔治湖或格伦斯福尔斯那边也看得到烧得通红的天空,可到现在仍然无人来救火,也许巡警或消防车在暴风雨过后特别忙碌,忙得焦头烂额吧!也许他们认为昨晚雨势那么大,火不会殃及树林吧。

詹姆斯·邦德终于开口说:"现在我们这样办吧!首先你要躲到一个安全的地方,而且在我需要时可以出来帮个忙。依我看,他们的目标是你,他们以为只要让你受伤,我就会拼命来照顾你,那么他们就可以趁机逃跑了。"

"你真的会这么做吗?"

"别想太多了,你现在利用这残存的墙壁当掩护,然后越过马路,别让他们看到,跑到他们车子对面,待在那儿别动,即使他们中的一人或两人一起到了停车的地方,你也不能开枪。我让你开再开,知道吗?"

"那么你要去哪里?"

"我们要采取内线作战方式,既然他们的目标是那辆轿车,我就会暂时留在这儿,等他们过来。他们一定想尽快解决掉我们,然后逃之夭夭,溜之大吉,所以让他们来吧。时间拖得越久,就会对他们越不利。"然后他看看手表,问我,"现在快凌晨三点了,在这地方,离天亮还有几个小时?"

"差不多要两小时,这里大概五点天就会有点亮。不过他们是两个人,你是一个人,他们一定会双面夹攻你,你可能会腹背受敌。"

"你不用担心,这种双面夹攻,就像螃蟹的钳子,只要一面失灵了,就会不攻自破了。我已经和盘托出我们的总体计划,现在你要赶快到马路那边去,不然他们很快就会再次动手了,这儿由我来应付。"

他边说边跑到屋子的拐角,突然露出脸向右边的房间连开两枪,远处传来玻璃破碎的声音,接着是对方的机关枪的枪声,子弹接连打中石壁,打在马路上,飞到树林那儿。詹姆斯已经缩回头,露出笑容给我打气:"你快走呀!"

我赶快靠着最后一间客房的大厅紧张地向右边走去,穿越过马路,潜入树林。在林中走动时,有时树枝会碰到我身上,不过这次我穿了平坦的鞋子,衣服布料也很结实,所以在林中行走自如,一直向左边走去。当我觉得已经走得够远的时候,我慢慢趴下来,看着旅馆那边的火焰方向。我停住的地方是树林内部,距离马路对面的那辆黑色轿车约二十码,而且视野极佳,可以把周围的情况看得一清二楚。

这时,月亮忽而隐入云层,忽而又冒了出来,大地也随之忽明忽暗,只有烧得只剩下左边一半的大厅照过来的火焰光。这时,月儿从云里露出来整个面庞,眼前的景象差点让我叫出声来,因为我看到霍威伏在地面上,朝大厅北侧缓缓爬过去。在月光的照耀下,我清晰地看到他手中拿着一把枪。詹姆斯·邦德仍然在之前分手的原地,施乐格西每隔几分钟就朝着霍威爬过来的墙壁发射一次,声东击西,掩护霍威爬到墙壁。不过詹姆斯·邦德好像已经察觉到这种打法的用意,因为他开始向左边起火的地方移动。他低下头,冲过烧焦的黑色草丛,又冲过浓烟滚滚的火场,快速跑向旅馆左侧还没烧光的地方。这地方虽已烧个漆黑,但还有零零星星的小火焰。我看到他跳进十五号房附近的停车场,然后就看不到他的身影了。估计他打算进入后面的那座树林,然后绕到施乐格西的后面开始进攻吧。

我回过头继续看着霍威,他已经快到旅馆的角落了,马上就到了。施乐格西的枪声终于停止,霍威都不瞄准,左手把枪从拐角露出来开始拼命开枪,盲目地打向詹姆斯和我刚才站的地方。

由于无人反击,他从拐角露出头来观察情况,不过很快又像蛇一般缩了回去,然后就大摇大摆地站起来,挥手告诉同伴,我们已经不在了。

就在他挥手时,一号房忽然连响了两声枪声。接着传来令人毛骨悚然的哀号声。事发突然,我的心脏几乎停止了跳动。只见施乐格西垂着左手,只用右手一面射击,一面向后面的草坪退去。他受了重伤,一面往后逃一面哀号不断,同时回头再打几枪。过了一会儿,我看到詹姆斯从另一个停车场走了出来,接着砰的一声传来了大型手枪的声音。但是施乐格西马上回头朝这枪声打过去,但没打中。过了一阵子,大型枪的子弹又从另外一个方向打来,终于有一发打中了这浑蛋的手枪。施乐格西把枪丢下,迅速向黑色轿车的方向逃去。霍威也蹲伏下来,用两把手枪进行长程射击,来掩护同伙。詹姆斯那一枪把施乐格西的机关枪打坏了,只见丢在地上的那把枪还继续往外冒火,里面的子弹乱七八糟地飞向四面八方。过了一会儿,霍威坐进驾驶位,我听到了引擎发动的声音,大量烟雾排出,他急忙打开车门让跑过来的施乐格西跳进去,同时砰的一声关上了门。

看到他们即将逃走,我等不及詹姆斯发号施令了,立即跳到马路上向车后开枪。但是我的子弹只打中了车的后盖,很快子弹就打光了,我的枪只剩下扳手的声音,只能眼巴巴地看着他们的车子渐行渐远。眼看他们要逃掉时,詹姆斯忽然从草坪对面发出了很沉实的枪声,接着我看到车头前窗喷出了火舌。车子忽然好像失了控似的做了个很大的转弯,直直开向草坪,向詹姆斯冲了过去。在明亮的车灯下,我清楚地看到詹姆斯的胸前已流满汗水,摆出古代武士决斗的架势,不停地开枪射击。我担心他被撂倒,不由得拔腿越过草地,向他跑去,那时车子好像失去了控制,引擎发出嗡嗡声,直接向着湖泊冲了过去。

眼前的一幕让我看呆了眼。那片草坪附近有一个差不多二十英尺高的悬崖,悬崖下面是一个鱼塘。草地上有几张用粗木做成的长椅和桌子,供游客休息和野餐。车子发狂般地开过去。以这种速度,不管是否碰到桌椅,一定会冲进湖泊里的。车子一个劲地向前冲去,我惊讶地捂住了嘴巴,无法抑制住内心的狂喜。然后我看到车子脱离了悬崖边,砰的一声掉进湖里了,接着传来巨大的金属和玻璃噼里啪啦的声音。过了一会儿,四周慢慢安静下来了,我看见车子车头沉下水去,发出咕噜咕噜的排放尾气和冒泡的声音,只露出行李箱、一截车篷和后面一点车窗。

詹姆斯仍然站在那儿,一动不动地凝视着湖泊。我跑到他身边,紧紧抱住他,关心地问道:"你还好吗?有没有受伤?"

他茫然地看着我,伸出一只手抱着我的腰,把我紧紧抱住,有气无力地说:"我没有事,我一点伤都没有。"说完又看看湖泊,"看样子我的子弹应该是射中了霍威,杀死了他,然后他的尸体踏在油门上不放。"他好像这时才回过神来,还带着一丝紧张,笑着说,"看来我那一枪干净利落,没什么好收拾的了,死葬都一次结束,我一点都不可怜他们,因为他们都是不折不扣的社会毒瘤。"他放开我,把枪插进枪套里。我闻到一股火药和汗水混合的气味,不过我觉得这种气味很香,于是情不自禁地抬头吻他。他也转过身来,于是我们缓慢走过草地。远处的火焰偶尔发出噼噼啪啪的声音,不过大火已趋于冷寂,我的手表正指着三点三十分。我忽然觉得全身似乎都被掏空了,精疲力竭了。

好像明白我的想法似的,詹姆斯说:"吃了苯丙胺,就会有这种感觉,现在赶快去睡一会儿。我想大概还有四五间屋子没被烧。我们到二号和三号房去吧,你看怎么样?那些房间是不是很豪华?"

我觉得自己满脸通红起来,但还是死鸭子嘴硬地回答道:"詹姆斯,我不管你会怎么看待我,但是今晚我不想一个人过夜。二号房也好,三号房也好,我们要睡在同一间,你睡床上,我睡地板就行。"

他笑了,伸手把我抱过去说:"你要是睡在地板上的话,我也要跟着你一起睡,不过让好好的双人床空着是不是太可惜了点?我看,我们就睡三号房好了。"说到这里,他顿了一下,看我的反应,以示礼貌,接着又问,"还是你认为二号房会比较舒服呢?"

"不,我觉得三号房会像天堂那样让人舒服、快乐!"

第十四章　缱绻情意

看来我们选错了,三号房通风不太好,闷热不透气。趁詹姆斯·邦德去树林拿我们行李的空当,我把玻璃窗上的气窗打开,还把双人床上的床单翻了过来。孤男寡女共处一室,我应该感到有点尴尬的,但事实上我却没有,反而觉得这是非常自然、顺理成章的一件事。借着皎洁的月光,我开始收拾整理房间,一切收拾妥当后,我走进浴室,打开莲蓬头。令人奇怪的是,尽管水管的前端已经被大火烧得熔掉了,我发现水压还是很大。难道是因为这里离水源较近的原因吗?我把衣服脱掉,仔细叠好,站在莲蓬头下面,打开一块新的佳美牌香皂,这款香皂闻起来像法国名贵香水,混杂着高级雪花霜的香味,然后沾

The spy who loved me

了水,由于身上还有青肿,于是我轻轻地抹在身上。

莲蓬的水声非常大,所以我完全没有察觉他什么时候溜进浴室来的,只知道忽然间多出了两只手,帮我擦洗,火热的身体紧紧地贴着我,一股汗水夹杂着火药的气味扑鼻而来。我转过头来,看到那张令我心动却布满灰尘的脸庞,于是朝他粲然一笑。他凑过来,紧紧地把我抱在怀里,深深地吻下来,似乎永远都不会停止。水哗啦啦地流下来,我们沉浸在彼此的深情中,都闭上了眼睛。

我被他吻得快喘不过气了,他索性把我推出莲蓬,在外面又来一次深情的长吻。同时,他的手在我身上不断地游走,我感到一阵阵电流般的快感,有点天旋地转,我实在忍受不住了:"等一下,詹姆斯,我快要站不住了。请你轻一点,我好痛。"

一抹微弱的月光照进黑暗的浴室里,詹姆斯原本经常眯成一条细缝的锐利眼睛,现在充满了柔情和笑意,温情款款地说道:"对不起,薇薇。不是我不好,而是我这双手不好,它们告诉我说不要离开你,还说要你帮我洗澡,它们也很有自知之明,知道自己很脏,它们只会乖乖听你的话。"

他幽默的话语让我不禁哈哈大笑起来。一把将他的头按到莲蓬头下:"好呀,不过我可不是那么温柔的哦。要知道,我只有在十二岁的时候,帮小马洗过澡,所以这可是我第一次给除了我之外的其他人洗澡哦,到时候伺候不好你可别怪我咯。"

说完,就拿起肥皂,"低一下头,免得肥皂进你眼睛。"

"如果肥皂进我眼睛,我就……"他还没说完,我就用手把他的口封住了,开始洗他的头发和脸,接着就是手腕和胸脯。他把头低下,双手抓着自来水管。

再往下洗时,我停住不动,说:"下面的你自己洗吧!"

"我才不呢,我要你给我洗。你可能还不知道,世界大战马上就要发生了,到了那个时候,你可能会去做护士,所以你必须知道怎么帮男病人洗澡……对了,这是什么牌的香皂呀?看起来非常高级奢华,好像给埃及艳后用的。"

"对呀,是非常好的香皂,里面掺有高级法国香水,你看包装纸上的说明就知道了。你现在闻起来香喷喷的,可比刚才那一身火药味好闻多了。"

他笑了:"好了,别再看了,赶快继续给我洗澡吧!"

于是,我又蹲了下去。当然,我们很快又紧紧地抱在了一起,两个人身上都是水和肥皂,滑溜溜的,他用莲蓬头把我们两个冲了冲,就把莲蓬头关上,然后把我抱出浴室。接着,他拿浴巾擦干我的头发和身体,我则倚在他手臂上,由他擦拭。然后我也把他的擦干,他很快再次把我抱起,快步走向卧室,把我放在床上。我半闭着眼,望着他白花花的身体走过去把窗帘拉上,又去把门锁扣好。似乎等不及了,他突然扑向我,缓慢深情地吻我,他的手就像导电体似的,我的身体好像通过电流似的,全身发抖。我感觉到他精壮的身体就像火焰一般热烈又温柔。

事后他告诉我,我在那一瞬间快乐得尖叫起来。不过我自己倒不记得了,反正我只知道自己感觉到一种难以言喻的满足与快乐,指甲深深地陷入他的身体,满脑子想的都是他。事后,他似乎很疲惫,充满睡意,在我耳边说了些甜言蜜语,又吻了我一下,然后就转身,一声不响地沉沉睡着了。我紧贴在他的背后,在万籁俱寂中,聆听他此起彼伏的呼吸声。

虽然我以前也做过爱,但从来不像这次一样完全投入,不仅是肉体,更是全心奉献的那种纯粹完整的爱。虽然曾和德里克、库尔特有过短暂甜蜜的往事,但是如今回想起来,根本不值一提。现在我才真正体会出爱的真谛。

为什么我们从认识到现在只有短短六个小时,但是我却会产生这种纯粹完整的爱慕之情呢?这是因为这个男人,除了英俊潇洒、机智冷静,颇具男子汉气概,在我身陷绝境的时候,他就像王子一般从天而降,将我从恶魔手中救出。如果没有他,我现在早已死在异国他乡了。而且还不知道在死之前会遭受什么样的折磨呢!而且他大可以换了轮胎后,马上一走了之,或者是当危险降临时,自己赶快先逃之夭夭,保住自己的小命。但是他却像拯救自己的性命一样地来救我。所以对于他,我心甘情愿地这样献身给他。我很明白几个小时之后,他又要走了,不会有任何山盟海誓,也不会有任何道歉或解释,我们之间很快就会因他的离去而告一段落。

　　女人都喜欢强暴式的爱,或抢夺式的爱,因为这种爱既紧张又刺激。我对他的感情可以说是在紧张危险中产生的,当我们度过重重危机后,紧张的神经放轻松,感激心理和女性天生对英雄的崇拜油然而生。所以,对于我们的感情,我一点都不会感到后悔和觉得羞耻。他是如此的优秀出色,我永远都忘不了他,也许以后再也没有男人可以带给我这么大的满足感了。在以后的日子中,无论我再遇到多大的困难,他都不会再像这次一样突然出现,英雄救美了。当然,我也绝不会一直对他纠缠不休,我会离开他,让他走他的阳关道,让他有机会再去邂逅大把的其他女人,把他带给我的肉体上的快乐也带给别的女人。真的,我不在乎,至少我告诉自己不要在乎,因为我知道没有一个人能够真正拥有他,至少拥有的时间没有我长。我这一辈子都会感激他,他是我心目中的偶像,我一辈子都不会忘怀的。

　　一个人陷入爱情到底会痴迷到什么程度呢?到底是什么因缘际会,把这个既陌生又熟悉的男人送到了我身边,躺在我身旁熟睡呢?一切都是如此的戏剧化,好像做梦一般。他是一个智勇双全的职业间谍,他受过严格的训练,可以熟练使用手枪杀死敌人。但是到底是什么原因让我对他魂牵梦萦呢?难道是因为他英勇果敢、坚忍不拔、与女人的关系不拖泥带水吗?

The spy who loved me

他只是一个间谍,一个爱过我的间谍,纵然不是爱,他也跟我同榻而眠过。但是为什么我会视他为偶像,对他念念不忘呢?我忽然有一股想把他叫醒的冲动,然后问问他:"你也有温柔缱绻的一面吗?你也有体贴备至的一面吗?你到底爱不爱我呢?"

这样想着,我转过身看他,他仍在安详地睡着,他的头枕在自己伸展开的左前臂上,右手塞进枕头底下。窗外明月悬空,皎洁的月光透过红色窗帘洒进来,在他周围形成一圈红色的光晕。我蜷着身子,紧紧地依偎着他,嗅着他身上散发出来的清新男性气息,这一刻我什么都不想再去想,只想轻轻抚摸他,抚摸他那被太阳晒得黝黑结实的后背,抚摸他那被泳裤遮挡仍然白花花的肌肉。

我专注地凝视着他,许久才转过身,恢复仰躺的姿势。他还是那个我心目中的英雄,一点都没有变,还是我爱慕崇拜的偶像。

不知不觉中,我也睡着了,但是睡意蒙眬中,我忽然觉得房间那头的红色窗帘动了一下,怎么回事呢?屋外一点风都没有,万籁俱寂。我又不情愿地抬头看看上面,靠近我们这头的窗帘仍安稳地挂在那儿,一动不动。我想了想,应该是房间那头的窗帘靠近湖边,所以也许是湖那边吹来的微风吧!算了,还是别想这么多,赶快好好睡吧。

就在那时,那面墙忽然响起了咔嚓一声,紧接着窗帘掉了下来,一张闪闪发光的大头脸出现在玻璃窗上!在月光的照耀下,更是显得苍白阴森。我吓得毛骨悚然,头皮一阵发麻。我以为自己会像恐怖小说中作者描写的那样"想叫,但叫不出声""想动,但四肢僵硬,手脚不听使唤",但是并没有。我只是静静地躺在床上,双眼呆呆地盯着那扇窗,我注意到自己因为疼痛而睁大了双眼,现在由于过于惊恐,我四肢僵硬,连手指都无法动弹了。

玻璃窗后面的那张脸对我咧嘴一笑,露出野兽一般的白森森的牙齿。那双阴晴不定的眼睛阴森森地盯着我,光秃秃的头左右晃动着。那张丑陋的脸缓慢地转动着,打量房中的一切,看到洁白的床上放着两个枕头,他的视线停住了,开始慢慢地、有点吃力地拿起手枪举过头顶,笨重地停在玻璃窗下面。

听到扳机被扣动的声音,我惊得立马跳起来,大声尖叫,同时赶快用手拍打身侧仍在熟睡的詹姆斯。但是詹姆斯没有醒,接着我听到玻璃被子弹穿透碎掉的声音,詹姆斯听到尖锐的玻璃碎掉声后,立即被惊醒了。接着砰砰两声,两颗子弹飞快地掠过我头顶,射向墙壁。接着,又是砰的一声,另一颗子弹穿过玻璃,那张大头脸消失了。

"没事吧,薇薇?"詹姆斯关切焦急地问。

还没等我回答,他赶快焦急地检查我的身体,看到我毫发未伤后,也没再细问,马上从床上跳起来跑到停车场去。他的步伐非常轻盈,走在停车场的混凝土地面上,没有发出任何声音。我猜他应该是紧紧贴着墙壁,慢慢地向前移动。我全身蜷缩在床上,看着地上破碎的玻璃,想到那张幽灵般的恐怖面庞,不禁汗毛直立,非常惊恐。

过了一会儿,詹姆斯回来了,一言不发,镇静地倒了杯水给我,就好像母亲在安抚做了噩梦的孩子一般。我乖乖喝下水后,觉得稍微恢复了些,然后他拿了块浴巾,搬了一把椅子放在破碎的窗户下面,站在上面用浴巾把破了的窗户遮起来。

回过神后,这时定睛一看,我才发现他是赤裸着身体,在屋里走来走去地做着杂事,我从来没有看到男人在这种状态下做事,不禁莞尔一笑。我想如果一个男人这样裸着身体做事,最好还是在四十岁以前,于是我说:"詹姆斯,不要发福哦。"

他把浴巾挂在窗子上,做成一个临时的窗帘,从椅子上跳下来后,漫不经心地说道:"嗯!你说得对,不管是男人还是女人,都还是不要发福的好。"说着便把椅子放回原处,拿起放在桌上的手枪检查了一下,走到衣服堆里,取出一排新的子弹夹换掉旧的,然后走到床边,把手枪放入枕头底下。

现在我才知道,为何他要把右手弯起来插在枕头底下睡,因为他就像消防员一样,随时处于待命状态,要随时从枕头下面抽出手枪与危险做斗争。

他来到我躺的床边,在床沿上坐下,月光照在他的脸上,满是憔悴之色,这场生死交战令他疲惫不堪。不过他还是强打起精神,挤出微笑说道:"这次实在是太危险了,我们两人差一点都没命了。我真的很抱歉,薇薇,我也不知道怎么了,这一点都不像平常的我。如果我以后还是这么疏忽大意,迟早会送了自己的小命。我们明明看到刚刚那部车子撞进了湖里,而且车顶和一点后窗露出水面,估计那里还有空气,我真后悔自己没有乘胜追击,把那两个家伙处理干净,真是一个地地道道的大笨蛋。所以那个施乐格西肯定是打破了车子后窗玻璃,游上岸了。虽然他也中了几颗子弹,费尽千辛万苦才能游上岸,但是他还是撑过来了,然后跑到这儿寻仇来了。要不是你反应快,我们现在早已是两具尸体了。对了,明天不要去屋后,他的死相很惨,会吓到你的。"说着,他看着我,露出让我安心的表情,继续说道,"无论如何,我还是要对你说抱歉,薇薇。不过我保证,这类事绝不会再发生第二次。"

我从床上跳下来,把他抱在怀里,他的身体冰冷,吻着他说:"别说傻话了,詹姆斯。如果不是因为我的话,你也不会卷入这些麻烦事里。如果不是你,我早就没命了,可能几个小时之前就被杀死,或被烧死了。你现在的主要问题就是缺乏睡眠,你的身体好冰啊,快来,我们到床上去,让我好好替你暖暖吧。"他顺势抓住我,俯下身来,双手紧紧地抱着我。过了一会儿,我觉得他变得暖和多了。接着,他把我抱起来,轻轻地放在床上,紧紧地搂着我,我再次发出呻吟,不由得紧搂住他。事后,我们并排躺着,万籁俱寂,只听到他的心怦怦怦一直跳动的声音,我把右手插进他的发梢中,然后松开手指轻轻抚摸着他的头发,他的脸,然后停在他的手上,问道:"詹姆斯,野妓是什么意思?"

"为什么突然问这个?"

"你先告诉我,然后我再解释原因。"

他有点无奈地笑着说:"这是一种黑话,专指不正经的女人。"

"哦,我也是这么想的。他们一直都这样叫我,也许我真是这种女人吧。"

"你才不是呢。"

"你发誓从来没有把我当作野妓看待。"

"哈哈,我发誓。你只不过是个可爱又胆小的小鸡罢了,我是真的很爱你。"

"小鸡又是什么意思?"

"就是指一个男人为女人痴狂的意思。好了,别再问了,我们睡觉吧!"他温柔地亲我一下,然后转回身去。我缩成一团,紧紧地勾着他的背和大腿:"哈,还是这种姿势睡觉最舒服,好像两把汤匙叠在一起那么紧密。晚安咯,詹姆斯。"

"晚安,我亲爱的薇薇。"

第十五章　此情不渝

那是我听到他对我说的最后一句话。当我第二天早上醒来时,他已经不见了。只见到床上他睡过的部位凹陷了下去,还有枕头上留下的独特气息。我不敢相信他就这样不告而别,为了确认他是否离开,我赶快跳下床,跑出去看他的灰色雷鸟车是否还在。出去后,我发现车子早已不见了。

今天风和日丽,昨晚下过大雨的痕迹还在,大地上都是厚重的露水。地上有一条很明显的足迹,一直通向雷鸟停车的地方。一只小鸟从草地上直飞云天,树林深处野鸠的哀鸣声不绝于耳,充满了绝望和心酸,就像我此刻的心情一样。

旅馆被火烧过的地方已成一堆黑色的废墟,看起来触目惊

The spy who loved me

心。大厅处,缕缕烟雾缭绕,正如生命中看不清的迷局。回房后,我赶快洗了下澡,然后简单地把行李收拾一下,装进袋中。这时,我看见梳妆台上放着一封信。我走过去拿起信,到床边坐下来看。信是用钢笔在旅馆的专用信纸上写的,字迹清晰明了:

亲爱的薇薇,你可能会将这封信给警察过目,所以我就简单说一下:我离开后,会马上联络高速公路巡逻队,要他们立即赶去旅馆。我得把详细经过向有关单位报告,所以现在必须赶到格伦斯福尔斯,另外我还会和华盛顿联络,届时肯定会由奥尔巴尼当局处理此案。其实,我应该留下来安排好一切,确保你安全无事,而且看着警察做完笔录放你走后,才能离去的,但是由于事情紧急,我只能先行一步了。我会告诉格伦斯福尔斯当局我的行程和车牌号,所以以后如有任何需要,或想更深入地了解此案,你就可知在何处可以找到我。你住的地方没有早餐可吃,我会交代来此的巡逻警察带给你热咖啡和三明治。我很希望能和你一起见到桑吉内蒂先生,但我猜他今天早上不可能出现在旅馆了,因为他看到两个得力助手一直杳无信讯,肯定知道事情不妙,会直奔阿尔巴尼,坐最早一班的飞机,向南逃到墨西哥去。我会将自己的猜测详细汇报给华盛顿方面，以便早日将他缉拿归案。你要知道，这次如果不是我们两人，保险公司肯定会遭受五十万美元的损失，所以我们会得到一笔非常丰厚的回报。由于我的工作性质，我不便出面领取。虽然你非处理此案的主要人物，但你仍有资格出面领取这笔钱。我会全权安排好一切，然后让保险公司帮你办妥此事。另外，我敢打赌这两个浑蛋中一人或两人绝对都是通缉要犯，所以只要帮助抓到他们，肯定可以领一笔不菲的悬赏金，这一点我也会为你安排好，你大可放心。以后路上一定要多加小心，这种噩梦不会再发生了，而且这种倒霉事也少见得很，你就把这次经历当作一场严重的交通事故，很幸运地捡回一条命就好，还要像以前一样做最好的自己就好。以后如果有需要效劳之处，无论你身在何地，除电话以外，直接写信或打电报来联络我。具体地址如下：伦敦SW一区斯托里门国防部收。永远爱你的詹姆斯·邦德。

　　对了，你如果要往南行的话，轮胎气压不能太高，要放掉一点。还有，不要再用原来的佳美牌香皂，可以试试娇兰牌的"阿尔卑斯之花"。

刚看完信后，我听到远处传来几部摩托车轰轰轰的声音，不一会儿就在旅馆门前戛然而止，接着就是几声叭叭叭按喇叭

The spy who loved me

的声音。我赶快把信放在上衣口袋里,拉好拉链,走出门外去见警察。

来的是两位州警局的骑警,看上去非常机灵、年轻,而且态度温和,几乎使我忘记世界上还有这种警察的存在。他们见到我,很恭敬地向我敬了个礼。"是薇薇安·米歇尔小姐吗?"其中,看起来比较年长、阶衔较高的警官向我问话,另一人则用无线电轻声地报告他们已经到达目的地。

"是的。"

"我是莫罗警官,听说你昨晚遇到了大麻烦。"他用戴手套的手指向火灾现场那边,"看来我们听到的报告没有说错。"

"哦,其实也没什么。"我故作轻描淡写地说,"有一辆车开到了湖里,车里有一具尸体,三号房后面也有一具。"

"嗯,这个我已经知道了。"警官好像对我满不在乎的态度不太满意,转身对身边正在将对讲机放回车座的同伴说,"奥唐奈先生,你先四处检查一下,好吗?"

"好的,警官。"说完后,那个叫奥唐奈的警察大步流星地离开了。

"米歇尔小姐,我们找个地方坐下来具体谈一下吧。"这个警官边说边弯腰打开摩托车鞍囊,拿出一包精心包裹的东西,"这是给你带来的早餐,真不凑巧只有咖啡和甜甜圈了,这样可以吗?"边说边把早餐递给我。

我尽量装出看起来很高兴的样子："太好了,真的太感谢了,我现在快饿死了呢。湖那边有许多凳子,我们可以随意坐,只要看不到那辆沉下去的汽车就行了。"

于是我带着他穿过草地,找了个地方坐下了。他把帽子摘下,拿出记事本和铅笔,装作看笔记的样子,好让我安心吃甜甜圈。

过了一会儿,他抬起头,笑着说:"小姐,没什么好担心的,也不需要做笔录,等局长来了再做,估计他一会就赶到了。一般我们接到紧急呼叫时,都会了解个大概情况,但是让我烦恼的是,此次案件竟然很多人参与,我都没法仔细听收录机,做详细笔录。所以从九号公路开过来时,不得不降低车速,才能听清楚主站的指令。奇怪的是,这个案子,不但惊动了奥尔巴尼当局,就连华盛顿的大佬们也在背后催促,这可以说是头一遭呢。所以我实在不明白为何连华盛顿都会特别关注这件案子,命令格伦斯福尔斯在短短两个小时以内做出初步的调查。所以小姐你能不能告诉我自己所知道的一切事情呢?"

看着他急切的样子,我不禁莞尔一笑,于是娓娓道来:"这是因为有一个叫詹姆斯·邦德的人卷进了此案件。这次多亏了他,我才捡回这条小命,是他消灭了那两个浑蛋。他是英国的特工人员,好像属于特务机关或什么组织的。他从多伦多开车去华盛顿报告一件案子。途中,车子的轮胎破了,跑到这旅馆来,正巧碰到我被那两个流氓欺负,于是从虎口中救下了我。我猜想他一定是个很重要的人物,他说他不会让桑吉内蒂逃到墨西哥,绝对不会让他逍遥法外。我对他的了解大概就是这样,总之他是一个非常了不起的人。"

这警官似乎很了解地点点头说:"嗯,你仰慕他那是当然的,因为是他在这种生死关头把你救了出来。不过由此可确认,他肯定和联邦调查局关系密切。因为类似这种地方性的案件,很少会惊动联邦警察出马,除非是跨州案件。"远处传来叭叭叭的警笛声,莫罗警官站起来,把帽子重新戴回头上说,"无论如何,谢谢你,现在我已经了解了事情的来龙去脉,等下局长会过来指示,不过你不用担心,他是个很好的人。"这时奥唐奈走过来向他报告巡逻情况,莫罗警官说道:"我先告辞了,小姐。"说完就和他一起离去了。我把咖啡喝完,心头慢慢浮起一幅画面:灰色雷鸟一路向南飞驰,邦德那双被太阳晒成古铜色的结实双手紧握在方向盘上,英姿飒爽。

接着,我看到几部汽车并排着从松林那边飞奔而来:一辆巡逻警车,旁边是几辆摩托卫队、一辆救护车、两辆警车,以及一辆卡车,这些车子穿过草地,停在湖畔。不一会儿,湖边到处走动着身穿橄榄绿及深蓝色制服的执行自己的任务的人。

其中一位体格魁梧的男人带着一名速记员走到我身边。这人无论从什么方面来看,都像极了电影里的探长,行动稳健、亲切和蔼、意志坚强。他向我伸出手说："是米歇尔小姐吗？我是从格伦斯福尔斯来的斯托纳警官，我们找个地方聊聊好吗？旅馆里或者外面都可以。"

"嗯，不过请恕我斗胆说一句，我实在不想重回旅馆那个噩梦之地了，要不我们去我刚刚吃早餐的桌子那边怎么样？对了，非常感谢你们能带早餐给我，我实在是饿坏了。"

"不客气。"他眼神凌厉地看着我说，"要谢还是谢你的英国朋友邦德中校吧，是他让我们带早餐的。"他停顿一下，继续说，"还说了一些其他事情。"

没想到邦德竟然是一名中校了，这正是我最有好感的阶衔。看来邦德惹毛了这位探长——一个英国人，却有这么大的能耐，能把美国中情局和联邦调查局的人都拉进来，这一定让这位探长心里很不舒服，所以我得异常小心才行，要足够圆通得体才是。

我们坐下来，例行开场白结束后，他让我告诉他事情的来龙去脉，我一面说，速记员一面记在本子上，中间又回答了探长的各种问题，这期间还有他的下属不时跑过来在他耳边低声汇报一些情况，不知不觉两小时就这样过去了，累得我筋疲力尽、口干舌燥。他们马上帮我端来了咖啡，还帮我点了一支烟让我提提神，我也让他抽一根。"哦，对不起，我执行公务时不能抽烟。"事情完成后，我们都松了口气，斯托纳让速记员叫莫罗过来,然后他把莫罗叫到一边,让他用无线电向总局做初步汇报。这时,我看到黑色轿车的残骸从断崖处被拉了上来,放到了路边,救护车也驶到了车子旁边。我看到霍威湿淋淋的尸体被吊了上来,放在了草地上。一看到他我就想起那双冷若冰霜、残酷无情的眼睛,还想起他的手碰过我的身体,不禁头皮发麻,一阵恶心,赶快转过头去。

探长的声音将我拉回现实:"记得将案情副本寄给奥尔巴尼和华盛顿。"说完,他又坐下来,面向我温和地说了很多安抚的话。我表现出一副感激涕零的样子,用感谢的口吻说,"真的是太感谢了。"然后我问他我何时能走。

探长没有马上回答,而是慢慢地举起手摘下帽子放在桌上,跟刚才的莫罗警官的举动一模一样,我看了觉得很好笑,但没有笑出声,只在心里暗笑不已。然后,他的手在口袋里摸来摸去,终于摸出烟和打火机。他递给我一支,然后自己又点上一支,笑着对我说(这是他见到我之后第一次露出笑容):"米歇尔小姐,现在公事谈完了。"他舒服地靠向椅背,左腿搭在右腿上跷起二郎腿,就好像一位家庭幸福美满的中年男子。他深深地抽了一口烟,然后再吐出来,看着烟圈一圈圈地飘走,然后说:"米歇尔小姐,你想什么时候离开都可以。你的朋友邦德中校已经向我交代过,尽量少来打扰你。你知道的,他对你非常关心。我非常感谢你和他对这件案子的大力协助。不过……"

他语带幽默地说,"我可不希望华盛顿对这件事干涉过多。你是位勇敢的小姐,竟然卷进这种凶杀案里还能脱身而出,我希望我女儿以后也像你一样勇敢。那两人都是通缉犯,所以我会让你领到悬赏金,保险公司那边你也可以领到一笔丰厚的奖金。对了,那对梵沙夫妇以共谋欺诈罪被绳之以法了,另外据詹姆斯中校所说桑吉内蒂已逃跑了。我们已和特洛伊方面取得联系,出动警察检查每条路,全力追捕他。如果抓到,他就是主犯,到时候会需要你作为重要证人,州局会支付你的来回路费和吃住费用。"说到这里,他弹一弹烟灰,继续道,"我们经常碰到类似案子,所以这种案子对我们来说小菜一碟。"他精明的眼神仔细打量了我一下,但很快又变得柔和了,说道,"不过对于这个案件,我还有很多疑问。"他笑了笑,接着说,"现在公事方面的问题已经问完了,现在只有你和我,我们扯点题外话。"

我尽量表现出很有兴趣的样子,很好奇他要说什么。

"那位邦德中校有没有留什么话或信件给你呢?他说今天早上很早就走了,大概是六点钟的时候,走时你还在睡,所以没有吵醒你。当然这话没什么不对,不过……"斯托纳警官凝视着手里的香烟头说,"根据你的描述以及邦德中校的描述,我知道你们昨晚是同睡一间客房的。你们经历了昨晚那么一场劫难,肯定都不敢再独自睡一间房,所以肯定一起度过了美好的一晚,所以他不太可能没有留下只言片语就不辞而别的,而且我猜测他应该会向你表示什么的,所以你明白我的意思吗?"他小心翼翼地解释着,不过眼睛一直盯着我观察我的表情。

我倏地涨红了脸,但仍强作镇定地说:"噢,他是留下了一封信,但是很稀松平常的一封信,由于跟案件没什么关系,所以我就没有提它。"我拉下衣服前面的拉链,掏出里面的信,感觉脸比之前更红了。

他接过信仔细地看了一遍,又递给我说:"信的内容简洁明了,不过我不太明白里面提到的什么牌子的香皂的问题,这是怎么回事呢?"

我简单地回答道:"哦,那只不过是一个关于汽车旅馆使用的香皂的笑话而已,他说那种香皂的味道太浓了。"

"哦,原来如此。关于信件,我没有什么问题了,谢谢你,米歇尔小姐。"他的眼神又变回了温柔可亲,"不过,我可以问你一些私人问题吗?就像父亲跟女儿之间的那种谈话一样。如果我早结婚的话,说不定孙女都有你这么大了。"他轻声笑着说。

"当然可以,随便问吧。"

他拿出另外一支烟点着:"那么,米歇尔小姐,邦德中校说得很好,你就把这件事当成一件糟糕的交通事故就好了,这样就不会再做噩梦。但是突然毫无预警地被卷进这种隐秘的犯罪中,你的惊慌和恐惧绝对不是一场交通事故可以带来的。就像电影上英雄救美的情节一样,一名警察突然从天而降,把你从坏人手中救出来。"他身体凑向桌子,眼睛一眨不眨地盯着我,"这时候,你肯定会非常感谢救你的人,自然会把他当作心中的英雄,甚至期望自己能够嫁给他。不过你不要误会我的意思,米歇尔小姐,希望我的话没有冒犯到你。"他又靠后坐了回去,然后又语带歉意地笑着解释说,"为什么我会这么肯定呢?因为无论任何人遇到这种紧急危险,都会留下很大的创伤,尤其像你这么年轻的小姐。"他的语气逐渐变得严肃了,"根据可靠消息来源,你和邦德中校昨夜曾发生亲密关系。很抱歉,我们警察的职责就是不能放过任何蛛丝马迹。"他举起手,向我做出抱歉的姿势,继续说,"虽然这是你们的私事,跟我没有任何关系,但我看得出你的心已被那救了你的英俊潇洒的英国人俘获了,即使不是全部,至少也有一半。这也是很自然的。"他露出父亲式的温和微笑,眼里虽然露出同情关心,但是眼角还有一抹讽刺意味,"毕竟这些都是小说里和电影里的常见情节,不是吗?所以这些也都是会在现实中发生的啊。"

我有点不耐烦地搅动着杯子,想尽快结束这说教式的谈话,然后赶快离开这里。

"我马上就说完了,米歇尔小姐,我知道你肯定觉得我是一个爱管闲事的讨厌鬼,不过作为一名已经年届中年的警察,我们很关心受害人的案后心理状况,尤其是像你这种年轻人,可能会承受不住伤害,精神崩溃掉了。所以我希望你能听进去我说的话,然后骑着你那部酷酷的小摩托车继续前行,我的意思就是这样,祝你一路顺风,米歇尔小姐。"

他仍然凝视着我,不过眼神已经没有刚才那么犀利。我知道我会从心底接受一些事情,洗耳恭听,这其实是年长者和年轻者之间很少出现的情况,年轻人很少能听进去长辈的警告。于是我停止了胡思乱想,专注地听了起来。

"越是进步的社会,越是鱼龙混杂。各种帮派互相火拼,警察和小偷势不两立,间谍与反间谍的阴谋诡计,永远都不会停止。正义与邪恶,就好比两支训练有素的军队,都在为自己的国家效命,一定要拼个你死我活。"听起来很像某篇文章,现在他一字不差照背下来复述给我听,"由于激烈的生存竞争,使得地位越高的人,反而变得越来越狡诈、冷酷无情。"

他紧握拳头,重重捶在桌面上,充满了怨愤:"不管多厉害的坏人、警探、间谍,或反间谍,他们在弱肉强食的环境下,形成了杀人不眨眼的反常个性。为了生存,他们对所有人都充满戒备心理,即便是面对自己心爱的人。你明白我的意思吗,米歇尔小姐?"他的眼光变得柔和了,眼里流露出来的善意使我深受感动。不过我还是不明白他拐弯抹角地说这么多,到底想表达什么,只觉得有点莫名其妙。

"我已经联络过华盛顿方面了,也知道邦德中校在工作上表现出色。不过我还是劝你少接触他们这种人,不管是詹姆斯

·邦德,还是施乐格西、霍威,这种人还是少接触为妙。因为你们是完全不同类型的人,活在两个不同的世界,所以你还是依照自己的生活方式好好过吧。"他似乎觉得自己的话很有说服力,笑着说,"你们是两个世界的人,知道吗?"他看到我的表情似乎不太苟同,只好换了语气说,"嗯,那我们现在走吧!"

他站起身来,我也一言不发地跟在后面走,不知再说些什么才好。忽然想起詹姆斯·邦德如天神般出现在旅馆,他的一颦一笑,他炙热缠绵的吻,他结实的手臂、厚实的肩膀,这一切的一切都好像梦境一般,我不禁唏嘘怅然,若有所失。即使这位高大和蔼的警官这样苦口婆心地劝我,但都无法解开我心里的结。现在我只希望饱饱地吃一顿中饭,然后离开这个鬼地方。

我们到了中午十二点才吃了午饭。斯托纳警官提醒我说我可能会被新闻记者们团团包围,不过他会尽量帮助我突破重围。他又告诉我,如果有人问起詹姆斯·邦德的事,除了他的工作地点不能透露外,其他的但说无妨。然后他又再三叮嘱我说,詹姆斯·邦德不过是一个偶然出现在我生命中的过客而已,让我忘记他吧。

收拾好行李后,莫罗警官帮我把它们提到摩托车上挂好,并且把车子拉到路旁,好心对我交代说:"从这里到格伦斯福尔斯的路坑坑洼洼的,你一定要小心驾驶哦。"我不禁笑了出来,

The spy who loved me

这个年轻有趣的警察,倒不让人讨厌。

我向斯托纳警官道别之后,戴上安全帽和那副漂亮的毛衬里防尘镜,跨上摩托车,踩下踏板开动车子。谢天谢地,摩托车的发动机没有问题,我开心极了!我把离合器踩到很快的速度,用力往前推,旋转的后轮接触到路面,把泥土和小石子都弹开了,车子很快冲了出去。不到十秒,时速已提高到四十英里。前方的路面看起来很平稳,于是我回过头来,开心地向他们挥手告别。几个围在大厅边的警察看到我,也挥挥手答礼。穿过那条两旁种满了松树的笔直小路,我终于毫发无伤地踏上了旅程。

不过真的是毫发无伤吗?那位警官对我说的伤痕,到底是指什么呢?我不是很相信他的说辞。我的恐惧已经痊愈了,是那个把手枪放在枕头底下睡觉的男人,那个有代号的秘密特工治愈了我,我的恐惧都被他抹去了。

秘密特工?我不管他的身份是什么,他的代号是什么,反正我也早忘了。我很清楚他的为人,我们在一起的每一个细节都牢牢地铭刻在我心中,我对他的爱矢志不渝、天荒地老。